鬼玉の王、華への誓い

鬼《き》玉《ぎょく》の王《おう》、華《はな》への誓《ちか》い

橋本《はしもと》悠良《ゆら》

ILLUSTRATION：絵歩《えぼ》

鬼玉の王、華への誓い

LYNX ROMANCE

CONTENTS

鬼玉の王、華への誓い

古い日本家屋の廊下は底冷えがする。

庭に面した広縁に、二月の朝の薄い日差しが斜めに差し込み、凍った空気にまっすぐな光の帯を描いていた。

「恵一《けいいち》さんは、退院できそうにないかね」

登校前に寄った続き間の和室の前で、柊堂玲《しゅうどうれい》は祖父の名を口にする村の世話役の声を耳にした。

「ええ。ですから、今夜の鬼守《おにもり》は私がやりますよ」

「いや、それは…」

祖母の答えに世話役の男は慌てている。

玲の隣で、双子の妹の珠里《じゅり》が制服の赤いチェックのスカートをぎゅっと握り締め呟《つぶや》いた。

「まだ、納得してないんだ…」

障子を開け、世話役に会釈しながら部屋の奥に進む。玲は黙って、珠里とともに神棚と仏壇を順に拝んだ。鬼を恐れるこの村では、両方を家の中に祀《まつ》り、毎朝しっかり神様と仏様を拝む。

鬼が現れませんようにと…。

鬼玉《きぎょくむら》村には鬼が出る。

そんな言い伝えが今も信じられていた。

村の東北、鬼門を守る柊堂家は、代々「鬼守の家」として務めを果たしてきた。鬼玉村の「鬼門」は方位の東北を表すだけでなく、その名の通り「鬼の出入りする門」を意味する。

鬼門の先には洞窟があり、奥には複雑に枝分かれしたトンネルが広がっている。迷うと出られなくなるので洞窟には扉があり、さらにその奥には堅牢《けんろう》な格子も嵌《は》められていたが、節分の夜にはそこから鬼が這《は》い出てくるという言い伝えがあった。

年に一度、その鬼門の封印札《ふういんふだ》を貼り替えるのが鬼守の役目だ。そして、今日がその節分の日だった。

「悪いが、あんたのその髪の色じゃあ…」

世話役の言葉に、珠里が睨《にら》むように振り返る。祖母の金色の髪と緑色の目から、世話役は視線を背けて俯《うつむ》いていた。

「晴臣《はるおみ》さんと奥さんも、無理なのかい？」

「仕事で戻れないそうですよ」

祖父が風邪をこじらせて入院し、街で仕事をしている父と母も帰れないと言ってきた時、今年の鬼守を誰にやらせるのかを、世話役は気にし始めた。そして、自分がやるから心配いらないと言う祖母に、逆に表情を曇らせ首を横に振ったのだ。

金色の髪は鬼を呼ぶからと言って。

「弱ったな…」

鬼守の仕事は、もともとは陰陽道《おんみょうどう》の一つだった。正式な役職というわけではなく、今では祭りの神輿《みこし》を担ぐのと同じで、その時期になるとお役目が回ってくるという程度のものだ。

それでも鬼守は鬼守であり、他の家の者では務まらない。それがこの地に「鬼門」を構えて以来の、四百年以上に亘る決まり事だった。

鬼玉村は近畿《きんき》地方の外れにある小さな村だ。これといって何もない所だが、その歴史は意外と古い。

今では県道も通り、橋を渡った先には街が広がり鉄道もつながっている。だが、かつては深い渓谷に隔てられた隠れ里のような村だった。なぜこの地に人が住み着いたのかはわからない。よく聞かれるような平家《へいけ》の落人《おちうど》伝説などはなく、かわりに鬼にまつわる話がいくつか残っていた。

その中の一つに、この村は鬼の国の一部だというものがある。鬼門の洞窟の先には鬼の国があり、この村とつながっている。そこから鬼は現れて、食べ物や家畜を奪い、人を攫《さら》い、逆らう者を殺《あや》めたのだと。

村の片隅には、鬼に殺された者を埋葬したという供養塔が残っていて、古い考えの人々は、鬼の存在を今も半分信じている。

そして、金色の髪は鬼を呼ぶからと言って祖母を疎《うと》んじた。

五十年ほど前にイギリスから村に嫁いできた祖母は、今では一般的な日本人よりよほど日本人らしい暮らしをしている。ほぼ通年を和服で通し、一汁三菜の和食を作り、四季の行事を丁寧に執《と》り行う。

それでも、村の人たちが金色の髪や白すぎる肌、緑色の大きな瞳に馴染《なじ》むことはない。心を閉ざしたまま決して見ようとしないのだから、慣れるはずもなかった。

祖母の髪から視線を逸《そ》らした世話役が、障子に向かう玲と珠里のほうに顔を上げる。そして、軽く首を振るとため息混じりに言った。

「仕方がない。おまえたちにやらせるしかないいな」

部屋を出て行きかけた玲たちは、その言葉に足を止めた。

「今夜の鬼守は二人でやれ」

「え、僕たち…？」

思わず問い返した玲の背中側で、珠里は相変わらずの形相を隠すように顔を背ける。

「もう高二だ。二人でならできるだろう。鬼門の札を貼り替えてくるだけだ」

その髪の色ならいくらかましだろうと口の中で呟いて、世話役は座布団から腰を上げた。

いくらかまし、と言われた明るい栗色の珠里の髪が玲の視界の隅で揺れる。

見送りに立つ祖母の背中が廊下を曲がると、

「なんなのよ、あれ」

怒りに頬《ほお》を染めて珠里が吐き捨てた。

「二言目には髪の色がどうだ、目の色がどうだって。今時、差別もいいとこだってわかんないの？」

玲は黙って玄関の方向を見つめていた。

迷信。髪の色や目の色で鬼を呼ぶなどと、そんなことがあるはずない。

鬼などいないのだから…。

鬼玉村は、今も古い因習に囚《とら》われているだけだ。

洞窟は水晶を採掘したかつての坑道であり、鬼は単なる災いの象徴に過ぎない。鬼は、病気や災害などの凶事が起きないようにと祓《はら》うための、概念上の目印であり実体はないのだ。

鬼が来て人を攫うなどと、村の人たちも本気で考えてはいないはずだ。頭ではわかっているのだ。

ただ、あまり村の外に出ないこともあって、鬼玉村の人々の中から古い考えが消え去ることはなかった。


玄関から戻ってきた祖母が、珠里の形相を見て軽く眉を上げる。

「いつものことでしょ。気にするのはやめなさい」

祖母の面差しを受け継ぐ玲と珠里は、幼い頃から村の者たちから遠ざけられてきた。

それだけではなく、大人が祖母を厭《いと》い、そのついでのように玲たちを避けていたせいで、子どもたちともなかなか遊ぶ機会がなかった。

村一番の旧家に生まれながら、誰からも相手にされない子ども時代を過ごしてきたのだ。

同じ年頃の子らと遊びたくて、缶けりの鬼や縄跳びの縄を持つ役を買って出た。祭りや餅つきなどの行事では、他の子どもたちが飽きてしまうような仕事を引き受け、まわりが遊んでいる間もせっせと働いた。そうしていれば帰れとは言われず、なんとか末席に加えてもらうことができたからだ。

それでも缶けりの鬼はいつまでたっても玲か珠里の役目で、縄跳びの縄を飛ぶのは他の子ばかり。祭りで配られる菓子はもらえず、餅つきの餅も足りなければまわってこない。

珠里はよく泣いた。大きな声で泣き喚《わめ》く珠里の隣で、玲は黙ってその背中を撫《な》でていた。そんな時、祖母はいつも、穏やかだが力強い言葉で告げた。

『そんなことで泣かないで、堂々としていましょう。私たちは何も悪いことはしていませんよ』

祖母は決して、自分のせいで玲たちまで辛《つら》い目に遭《あ》わせたと嘆いたりしなかった。玲たちも、祖母のせいだとは考えなかった。

祖母の姿が村の人に馴染めないものだとしても、その姿自体が悪いわけでも、まして祖母が悪いわけでもないことを理解していた。

誰より日本人らしく暮らす祖母だが、魂の根底にはやはり欧米的な合理主義が流れていたのかもしれない。

何も悪いことはしていないと胸を張り、堂々と暮らしている祖母を見ているうちに、玲たちも無暗《むやみ》に自分を憐《あわ》れむことはなくなった。差別めいた仕打ちを納得したわけではなかったが、珠里は怒りを表に出すことで、玲は物事を冷静に受け止めることで、それらと折り合いをつけ、やり過ごすことを学んだ。

古い村の旧家に入った祖母にも辛いことは多かったはずだが、それらを一切口にすることのない姿を見ていれば、知らぬ間に心は鍛えられたのだ。

そんな思いをしても村で暮らす理由を、いつか玲たちは聞いたことがある。

祖母はただ祖父がいるからと答え、

『いつか、あなたたちもわかりますよ』

と少女のように笑っただけだった。春の日差しのような笑顔を、玲は今でも心に留めている。

高校に上がり村の外へ出るようになってからは、玲たちの世界はずいぶん変わった。

「行ってきまーす」

機嫌を直した珠里の声に祖母がにこやかに手を振って見送る。

街に続く県道を自転車で下りながら、玲は視界の隅に坂の多い山あいの村を流した。

小さく区画された畑には冬野菜が育ち、霜柱《しもばしら》を踏みながら子どもたちが学校に向かう。他の子どもと離れて、玲と珠里が二人きりで通い続けた道だ。怒って泣く珠里の手を引いて、目を背ける大人たちの間を通り抜けた。その思い出も、今となってはだんだん遠くなってゆく。

外の世界で大きく驚いたことは、玲と珠里の容姿が厭われるものではないということだ。

鬼を呼ぶと嫌われた淡い髪と瞳の色は、村の外ではむしろ好まれた。祖母の面差しを受け継いだ西洋的な顔立ちも、ほっそりと長い手足も称賛されることはあっても、避けられたり疎まれたりすることはなかった。

最初はあまりの違いに戸惑ったほどだ。

鬼玉村の子どもは十五になるまで村から出ない。玲と珠里に限らず、高校に上がるまではほとんど村の外へ出ず、まるで破ることのできない掟でもあるかのように村の中だけで過ごす。

その決まりがどこの土地にもあることなのだと信じてきた玲たちは、それが鬼玉村だけのものであると知った時には驚いた。

前を走る珠里が大きな声で話しかけてくる。

「橋渡るの、まだ緊張するねー」

「そうだねー」

村から出ることには未だに違和感を覚える。

もうすぐ二年たつのにと、唯一村の外につながる橋を目指して坂を下りながら思う。

渓谷に架かる橋を過ぎれば村の外だ。

玲たちの通う県立高校は、橋を渡った先、街の外れの県道沿いにある。父と母が働くのは、この街からさらに電車で一時間以上行った地方都市だ。鉄道の本数があまり多くないので、普段は週末にしか帰ってこない。

バスが二人を追い越して、校門の前で停まる。

友だちを見つけた珠里が自転車の速度を上げた。


「寒い、寒い」

夜になり、寒さに足踏みする珠里とともに、玲は鬼門と呼ばれる古い木製の門に向かっていた。鬼門は洞窟の入り口を塞《ふさ》ぐ厚い板の扉で、その奥には堅牢な格子が嵌めこまれ、二重に鬼を封じている。

その閉ざした扉に貼られている札を替えるのが、今夜の二人の仕事だ。

大げさに身体《からだ》を震わせながら珠里が白い息を吐く。

「玲ったら、よく平気ね」

「僕だって寒いよ」

二月の夜だ。山あいにある村の気温は氷点下に近かった。

「さっさと終わらせて、早く帰ろう」

祖母が用意したイワシの頭とヒイラギを、門の前の石段に供える。

「髪の色が茶色いからって、それで鬼が寄ってくるなんてバカみたいよねぇ」

「みんな、結構真剣に怖がってるからなぁ…」

「うん…」

門の正面に立つと、珠里はやや神妙な様子になった。

「ちょっと、この村って不思議なとこがあるからね…。みんなが怖がってても仕方ないのかもって思う時もあるよ」

珠里らしくない発言に、玲は軽く視線を上げた。

「だって、十五歳まで、ほんとに村から出られなかったし…」

ぼそぼそと白い息を吐いている珠里は、珍しく緊張しているようだ。

電車の本数のせいだけでなく、父はあまり村に帰りたがらない。都会育ちの母は、玲たちを村で育てなければならないと知った時にはずいぶん抵抗したらしい。祖父や村の世話役の言葉に逆らって、生まれたばかりの玲たちを連れて街に帰ろうとした。

けれど、村を出ると同時に激しく泣き出した二人をどうすることもできず、やむなく村に取って返したという。玲たちに限らず、鬼玉村で生まれた子どもは村の外に出ることをひどく怖がるのだ。

それもまた、この村が本当は鬼の国の一部だからだという言い伝えにつながっている。

「この先に、鬼の国はあると思う？」

不安げな珠里の言葉に、玲はもう一度その顔を見た。

封印札は鬼が来るという節分の夜に貼り替えるのだが、効力の切れる古い札を完全に剝《は》がしてから新しい札を貼る必要があり、一瞬ではあるが、札のない時間が生まれる。

「江戸時代の終わり頃までは、本当にいなくなった人もいたらしいよ。失敗したらあたしたち、鬼に連れていかれるのかな…？」

「まさか」

　一呼吸で貼り替えていた祖父の気迫を思い出し、玲の背中もざわざわと粟立ってきた。笑ってみたが、どこかぎこちないものになる。

　寒さのせいだけでなく、気の強い珠里が妙なことを言い出すので、普段冷静な玲まで緊張してきたのだ。

　鬼などいない。

　迷いを振り払うように、ぴたりと閉じた門に視線を戻す。

「とにかく、早く済ませちゃおう」

　気持ちを切り替え、古い札に手をかけた。それを勢いよく剝がし、続けて新しい札を貼ろうとした時だ。

　突然吹き抜けた風が冷え切った玲の指先から札を奪い去った。

「あ…っ」

　二人同時に手を伸ばし、どうにか珠里が札を押《おさ》え、急いでそれを木の扉に押し付けようとした。

　だが。

「ちょっと待って。珠里…」

「な、何？　早く貼らなきゃ」

「でも、今…」

　玲は扉の隙間に目を凝らした。何かひどく大切なものがその先にある。

（あれは、なんだろう…？）

　何かはわからないが、見過ごしてはならないものだ。その何かを取り戻さなければという思いが、玲の中に閃いた。

　扉に手をかけると、珠里が驚いて叫ぶ。

「ダメよ！　玲！」

「大丈夫。ちょっと見るだけだから。イワシとヒイラギがあるから、鬼は来ないよ。中にあるものを確かめるだけ」

普段の玲なら珠里の制止に逆らってまで、覗《のぞ》こうとはしなかっただろう。けれど、この時はどうしてか引き返す気になれなかった。

扉に細く隙間を作り、奥を覗く。

(あ。あれだ…)

がっしりとした格子の先で何かが光っている。小さくて丸い、玉のようなものだ。

初めて見るのに、その玉はずっと玲が持っているべきものだったのだという確信が生まれる。大切なものだったはずだと…。

思わず扉を開いて洞窟の中に足を踏み入れた。

「玲…っ！　戻ってよ、玲…っ」

「あれだけ取ったら、すぐ戻る…」

暗い洞窟の中を、数メートル先で光る玉に吸い寄せられるように玲は進んでいった。

外に灯した明かりは届かず、玉の放つ淡い光だけを頼りに進む。そこで玲は膝を着き、かじかむ右手を玉に伸ばした。

近くで見ると、玉は何か細長いものに結ばれている。刀か剣の鞘《さや》のようだ。

玉の発する小さな光に美しい細工が浮かび上がっていた。伸ばした玲の指が触れると、かすかに吸い付くようにして手の中に収まる。

(あったかい…)

鞘を摑《つか》むと、胸の奥に懐かしさに似たものが満ち始める。どこか切ないような愛《いと》しいような、郷愁に似た思いだ。

不思議だった。どうしてこの鞘を、自分のそばから離していられたのだろう。

泣きたい気持ちでそう思った。

大切なものなのにと…。

胸の裡《うち》に浮かんだ思いに囚われていた玲は、次の瞬間、ふいに視界が揺れるのを感じた。

「玲…っ！　玲……」

振り向くと、格子の向こう側のわずかに明るくなった入り口が、ぶれて二重写しに歪《ゆが》んでいた。

どんどん小さくなるその光の中で珠里が必死に声を張り上げている。

「玲……っ！」

（珠里…？）

そんなに呼ばなくても、今戻るから…。

そう思ったのを最後に、玲の意識は混濁した。何かに引っ張られるように身体が持ち上げられ、上下の感覚がなくなる。

そのまま、どこか遠い所へ、鞘に導かれるように玲の身体と意識は吸い込まれていった。

見渡す限りの大地に森や山が点在し、起伏を繰り返しながらはるか遠い地平線にまで広がっている。大きな建物はおろか道らしい道もほとんどなく、空は天体の形のままに丸く、どこまでも広かった。

細くうねる土の通路、田と畑と古びた集落、少し離れた場所に石垣の囲いが見え、手前の茅葺《かやぶ》き屋根から薄い煙がたなびいている。

ドン！　と石垣の囲いから鈍い打撃音が上がった。

人の怒鳴り声とともに石礫《いしつぶて》が飛び交う。離れたその場所から群衆が駆け出してくると、続いて数頭の騎馬が土埃《つちぼこり》を煙らせながら現れた。

大地に重い地響きが伝わり、人と馬が駆け抜ける。その乾いた土の上で玲は意識を取り戻した。

鞘を抱いたまま目を開け、周囲に立ち込める塵芥《じんかい》に思わずむせかえる。

（な、何…？）

つい先ほどまで夜だったはずだが、頭上には高く太陽が昇っていた。

いったん遠ざかった工事現場のような重い音が、再び大地を揺るがし近付いてくる。

身体を起こすと、ヒュッと何かが空を切り裂いた。頬をかすめたものを確認して、玲は一瞬で身を強張らせた。

（矢…？）

なぜと思う間もなく、さらに数本が弧を描いて飛んでくる。

どこかに逃げなくてはと思うが足が竦《すく》んで動けない。

その時、誰かの手が強い力で玲の腕を引いた。

「怪我したいのかいっ？」

鋭い声を聞くのと同時に、穴のような所に転がり落ちた。

声の主が玲を引き込んだのは、道の脇に掘られた壕《ごう》の中だった。

入り口に子どもの背丈ほどの大きな石があり、一瞬、その石が淡く光を放った気がした。

なんだろう思いながら身を起こし、自分が落ちた壕の中を見回す。

畳六、七枚ほどの空間に大人と子どもが合わせて十人前後、外の気配に耳を澄ますようにして、蹲《うずくま》っていた。どの顔も玲の知らないものだ。

彼らが着ているのは丈の短い着物とふくらはぎまでのズボンに、脇の縫っていないベストのような上衣で、どこか陰陽師の着る小袖《こそで》と下襲《したがさね》に袍《ほう》を重ねた様子に似ているが、はるかに簡素で、袍のような上衣には袖がなかった。

男女とも長い髪を後ろで一つに括《くく》っている。足元はこの寒さの中、裸足に草鞋《ぞうり》履きだった。小さな子どもの足の指に細かい皸《あかぎれ》ができている。

村からほとんど出たことがない玲でも、テレビやインターネット、あるいは本で、過去の時代を模したアトラクション施設があることは知っている。

ここはそういった場所なのだろうか。

だが、なぜ今そこに自分がいるのか、玲にはわからなかった。

「ぼうっとしてるんじゃないよ。矢が飛んでる間はどこでもいいから隠れなきゃ」

腕を引いてくれた女に厳しくたしなめられ、玲は慌てて頭を下げた。

「は…、はい。ありがとう…ございます」

「見かけない子だね。旅でもしてるのかい？」

聞かれても、どう答えていいのかわからない。

そのまましばらく身を潜めていたが、土埃の舞っていた外の空気が澄み始め、馬の蹄《ひずめ》らしき地響きが遠ざかってゆくと、様子を伺いながらまわりの人々が壕から這い出して行く。

後に続いて玲も外へ出た。

そして、周囲を見回し、愕然《がくぜん》とした。

アトラクション施設にしては広大過ぎるのだ。どこまでも続く景色は書き割りや看板の類《たぐい》には見えない。

「あの…」

腕を引いてくれた女に尋ねる。

「ここは、どこですか」

「どこって、玉州《ぎょくしゅう》の野間沢郷《のまざわごう》だよ。王都のある花《はな》ノ宮郷《みやごう》の隣。村の名が知りたいのなら木春菊村《もくしゅんぎくむら》さ」

郷、村…と聞いても、よく理解できなかった。おそらく玲が知りたいのはそれ以前のことだ。

もっと根本的な何かがわからない。

小さな子どもが近寄ってきて女の手を握った。彼女の娘のようだ。

その親子の顔立ち、他の者たちの髪の色や目の色、人の様子や言葉が通じることから、ここは日本のようにも思える。

近くの里の佇《たたず》まいもどこか日本的だ。けれど、今の日本にこんなに何もない平野はないだろう。いつの時代と、昔あった場所だろうかと思うが、漠然決め手になるものも見当たらなかった。

日本にとてもよく似ているが、日本ではないのかもしれない。

では、いったい「どこ」なのか。

そして、なぜ玲は「ここ」にいるのだろうか。

頭が混乱し、いっそ夢でも見ているのだろうと思いたかったが、そうではないという直感が強く働いた。土埃の去った後の空気の匂《にお》い、吹く風の冷たさ、かじかむ指先の痛みがその直感を裏付けていた。

薄い日の光の下で呆然《ぼうぜん》と立ち尽くす玲を見上げ、女が尋ねる。

「あんた…、どこか遠い所から来たのかい？」

何がなんだかわからないまま、玲は女の顔を凝視していた。

「大丈夫かい？　どこか具合でも悪いの？」

「…わからないんです。どこから来たのかも、ここがどこなのかも」

声がかすかに震えた。

玲の様子を気にして、周囲に人が集まってくる。

「どうしたんだ」

「なんだか、どこから来たのかわからないって言うんだよ」

ざわざわと十人前後の男女が寄って来て、玲の周囲を取り囲んだ。

「変わった着物を着とるな」

「他州でも見ないような妙な着物だぞ。異国の者かもしれんな」

中の一人が玲の顔をまじまじと見る。

「ずいぶん綺麗《きれい》な子だけど、公子《こうし》や晶玉《しょうぎょく》と何か関係があるんじゃないかい？」

別の男が鞘を指差して言った。

「鞘を持っているな。剣はどうした？」

玲が首を振ると、周囲の者たちが戸惑うように互いの顔を見た。

「鞘だけか？　まさか本当に、晶玉の鞘ってことはないだろうな…」

「晶玉の鞘…？」

「これがそうなのか…？」

漆《うるし》に蒔絵が施され、飾り紐《ひも》のついた鞘を皆が見つめる。

ざわざわと囁《ささや》きが交わされるが、また別の男がゆっくりと首を振った。

「…違うだろう。晶玉が現れるような年頃の公子は、今いないじゃないか」

「でも、ほら…」

王の…、と誰かが言いかけ、それきり全員が口を噤《つぐ》んでしまった。小さな子どもだけが、別の少し大きな子どもに何か言って、きゃっきゃっと無邪気に笑っている。

何もわからない玲は、ただ黙ってその場に立っているしかなかった。

とりあえず村の長《おさ》の所へ連れて行こうと一人が言い、それがいいと皆が頷《うなず》く。

先ほどの女が玲に向かって手招きし、子どもを人に預けて畝《うね》を歩き出した。荒れて、ところどころ崩れた土の道を、窪みに足を取られながら玲はついていった。


歩きながら周囲を見れば、冬田に落ちた矢を男たちが拾い集めている。その鏃《やじり》が石で、思ったほど鋭利ではないことに気が付いた。

殺傷を目的とした矢ではないとわかると、知らずに強張っていた身体の力が抜け、少しずつ頭も回り始める。

「あの…、さっきの騒ぎはなんだったんですか？」

女はそっけなく答えた。

「ああ。また誰か、鬼の王を怖がって騒いだから…」

「鬼の…王？　この国には王様がいるんですか？」

「それも知らないのかい？」

肩越しに振り返る女に玲は黙って頷いた。

荒れた大根畑の中を進みながら、女はため息混じりに話し始める。

「王は確かにいるんだけどね…。今の王、刹那王《せつなおう》は鬼の血を引いてるって噂《うわさ》があるんだよ。それで時々、ああして騒ぐ者が出て、そのたび警備兵と争いになる。あたしらにしたら、そんなので田畑が荒れるほうが、よほど迷惑なんだけどね…」

ここ何年かは、小さな騒ぎが絶えず、少しも落ち着かないのだと女は零《こぼ》した。

「それもこれも鞘が見つからないせいさ。あんたのそれが、本当に晶玉の鞘ならいいんだけど…、そううまくはいかないだろうね」

「晶玉の…鞘？」

「そう。もうずっと長い間、どんなに探しても見つからない」

女はちらりと鞘を見る。

「まあ、そんな小さな鞘であるはずはないんだけどさ…。王の剣は、ゆうに三尺を超える長剣だっていうから」

三尺というとおよそ九十センチだ。玲が手にしている鞘はせいぜい五十センチほどだった。

美しく立派な鞘だが、確かに探しているものとは違うのだろう。

「そこが村長の家だよ」

女が差し示した小松菜畑の先には、昔話の挿絵のような茅葺き屋根の小さな家が建っていた。

先に女が入って行って、中で二言三言言葉を交わし、手招きされて玲もその入り口に立った。

「子どもを待たせてるし畑仕事もあるから、あたしはこれで行くからね。延《えん》さんは親切で物知りだ。この木春菊村の長を長くやってるし、なんでも聞くといいよ」

そう言うと女は入り口を出て行く。

その背中に、ふと玲は尋ねた。

「この国は、なんていう国ですか」

それも知らないのかい、と振り向いた女は呆《あき》れて少し笑う。

「鬼玉《きぎょく》だよ。鬼玉国とも言う。始王《しおう》、阿修羅《あしゅら》が定めたこの国の名だ」

「鬼玉…」

偶然か。

自分の村と同じ名を耳にして、奇妙な気持ちになった。

「ありがとうございました。他の方たちにも、よろしくお伝えください。さっきは、ちゃんとお礼も言えなくて…」

玲の言葉に、女はにこりと笑う。

「気にすることはないよ。ちゃんと伝えるから安心おし。あんたも大変だろうけど、気をしっかり持ってね」

女が行ってしまうと、玲は家の入り口を振り返った。

その時になって、今度は女の名を聞いていなかったことに気付いたが、その背中はもう畑の先に出て、来た道を戻り始めている。

(動転してる…)

当たり前かもしれない。

夢ではないとしても、なかなかすぐに現実だと受け入れることもできない。まともに考えるほうがおかしくなりそうな出来事に、頭も心もついて行くことができないのだ。

開かれた板戸の先は土間で、隣接する板の間の囲《い》炉《ろ》裏《り》の前に、一人の老人が座っていた。

見たところ、部屋は土間と板の間で全部だった。

「…失礼します」

玲が頭を下げると、村の長だという老人は囲炉裏の前で軽く頷いた。雪のような白い髪と眉に口髭《くちひげ》を蓄えた、仙人のような雰囲気の小柄な人だ。

障子に似た窓から日が差していたが、隙間風《すきまかぜ》の入る室内はとても暖かいとは言えない。囲炉裏の前に手招きされて、玲は靴を脱いで上がった。

炉の火に寄るとさほど寒さは気にならなかった。楽にしろと言われ、勧められた円形の藁《わら》座布団の上に正座する。

「自分がどこから来たのかわからん…と聞いたんじゃが…？」

困ったような形に白い眉を下げ、老人がゆっくり尋ねる。玲が頷くと、白い眉がさらに困ったように下がった。

「そうか…。わしは一応、この村の長ということになっとっての。みな延と呼ぶんでそう呼んでくれりゃいい。それにしても、だいぶ珍しい格好をしとるのぉ」

名前はわかるのかと聞かれて「柊堂玲」と答えたが、延は不思議そうな顔をしている。

「柊堂玲というのは変わっとるな。どう呼べばいいんじゃ？」

柊堂が姓で、玲が名だと説明するが、姓というのが何かわからないようだった。

「…玲と呼んでいただければ」

「うむ。玲か…。それで、おまえさんはどうしたいんじゃ？　どこか行きたい所があるんじゃったら、わかる所まで案内の者をつけてもいいが…。それとも、役場に行ったほうがいいかの？」

玲はここでも言葉に詰まる。

「…僕は、ここがどこか、どんな国なのかも、わからないんです」

「どこから来たかだけでなく、どこに来たのかもわからんのか…。そりゃ困ったもんじゃの」

「ここはどこなんですか？　鬼玉という国の木春菊

村だと言うことは聞きました。でも、僕にはそれがどんな国なのかもわからない…」

延は何か考えるように首を傾《かし》げ、それから、ふむ…、と一つ息を吐き出した。

「どうも、おまえさんは、だいぶ遠い所から来たようじゃの…」

そして、玲を安心させるかのように、延は何度か頷いて見せた。

「まあ、あまり心配せんで、少し落ち着くことじゃ。行く所か帰る所が決まるまで、ここに留まっとってもかまわんからの」

そう言って、少し思案してから、とりあえずここがどこか、どういう国であるかから説明しようと言ってくれた。

「どんな国かは、歴史や習慣を知ればいくらかわかるじゃろう。聞いとるうちに何か思いつくかもしれんしの。思いつかんでも、なんも気にすることはないんじゃぞ」

気を楽にしてゆっくり聞けばいいと笑顔を見せる延に、何もわからないまま焦っていた玲の心がわずかに宥《なだ》められてゆく。

詰めていた息を吐き出し、玲は小さく頷いた。

「あの騒ぎのことも気になるじゃろうが、それを説明するにもまず、この国の仕組みと成り立ちを知る必要があるの…」

そう言って、延は少しばかり長い物語を玲に話し始めた。

「鬼玉は、もともとは鬼の国じゃった…。この国には呪術師の杖《つえ》が記憶する歴史というものがあるんじゃがの…」

その杖の持つ記憶のはるか以前から、この地は鬼に支配されていたのだという。

「千年、二千年、あるいはもっと昔から、人は鬼に支配され、虐《しいた》げられて暮らしておった。今の鬼玉で飢えて死ぬ者はほとんどおらん。じゃが、鬼に支配されておった時代、人は生き延びることのほうが稀《まれ》じゃった」

鬼玉には六つの州があるが、それぞれに複数の鬼がいてその地を支配していた。

人が田畑を耕しても自らの口に入るのはわずかで、税や賦役《ふえき》は重く、逆らえば虫けらのように殺された。たとえ生き延びても、互いに戦を好む鬼たちに駒のように駆り出され戦うことを強《し》いられた。

そんな時代がおよそ百五十年前まで続いたという。

「じいさんのじいさんが生きとった時代じゃよ。生きるということの意味も存在しないような暗い時代が、まだ辿《たど》ることのできる世代の頃まで続いておったんじゃ」

だから、この国の者は皆、鬼を恐れ憎んでいる。二度と鬼のいた時代には戻りたくないと、心の底から願っているのだという。

鬼を恐れている点は、玲がいた鬼玉村と同じだった。

「その時代に終わりを告げたのが、鬼の中の鬼と言われる阿修羅じゃ」

阿修羅は、他のどんな鬼よりも恐ろしい、きわめて強大な鬼だった。

その阿修羅が、あるきっかけから同胞である鬼たちを憎むようになり、ついには全ての鬼を倒してしまう。そして、自らの命も献じて、鬼の世の終わりを神に願った。

同時に、人の世の始まりを願ったのだ。

「鬼の世の終わり、人の世の始まりに満ちる光じゃ。神は願いを聞き入れて、国を阿修羅に託した。剣と鞘をその助けとしての」

それが、鬼の世が終わりを告げた百五十年前のことなのだそうだ。

「神が与えた剣には鬼の力が宿されておっての、それが支配の力になる。各州には領主がおって、彼らを選ぶのも剣じゃ。領主が『公子』と呼ばれるのは、その中から王が出るからじゃな」

阿修羅がこの世を去ると玲が今いるこの玉州に「選定の塚」が現れ、領主である公子の中から次の王を選んだ。そして、公子が王になるか命を落とすかすると、生まれて間もない子どものうち次の公子に相応《ふさわ》しい者のもとに剣が現れたのだ。

「剣は神器じゃから、選定を受けた赤ん坊はそれを拒むことはできん。親から離され、州の城で公子として育てられることになるんじゃ」

「そんな小さな子を親から離すのですか？」

思わず聞いた玲に、延は白い眉を寄せて重々しく頷いた。

「そうじゃ。人は長い間、鬼に使われるばかりで従うことしか知らんかったからの。支配する術《すべ》を持たんのじゃ。国や民を治めるには、そのままでは力が足りんのじゃよ」

剣が資質の優れた者を選び、その剣に封じた鬼の力を借りて、選ばれた公子と王が州と国を治める。

剣の力を十分に使うには、生まれた時から公子として生き、人の上に立つに相応しい者になる必要があった。

剣とともに育つ公子は、成長とともに剣の持つ力を引き出すようにもなる。

剣と公子の結びつきは強く、他の者が公子の剣に触れることができないだけでなく、公子も自分の剣以外の剣に触れることができないのだった。

剣には鬼の力が封じられているため、その力が公子以外の者の手に渡ることがないよう、神は剣と公子の結びつきを堅固なものにしたのだ。

「剣には支配の力があるんじゃ。剣なしで国や民を治めることはできん」

阿修羅が王として在《あ》った数十年の間に国の基礎は創られた。支配の力を宿した剣で公子は州を治め、王とともに国を導いた。

そうして百五十年の間に国は今の形に整えられてきたのである。

「国を導くのは王であり公子たちじゃ。じゃが、その力の元である剣には鬼が封じられておる。そのことを忘れてはならん…。そのために晶玉がおる」

「晶玉?」

「そうじゃ。公子の剣を収める鞘を持つ者じゃ」

神は、剣を公子に結び付けるだけでなく、その力を封じるための強い鞘を同時に与えた。

阿修羅の傍《かたわ》らには一人の美しい少年が常に付き添っていたが、その少年の持つ宝玉を、神は剣を収める鞘に封じたのである。

「それが晶玉の鞘じゃ。公子の剣は、晶玉の鞘にしか収めることはできん」

人の造った鞘では鬼の力を抑えることはできないのだ。強い力を持つ剣よりなお、鞘は強くなくてはならず、剣の力を抑えるには晶玉の持つ特別な力が必要だった。

鞘にはそれぞれ、州に因《ちな》んだ宝玉が結ばれている。その宝玉が「晶玉」であり、それは鞘を持つ者の身分を表す号にもなった。

「号としての『晶玉』は、各州の名に因んで翠州《すいしゅう》の晶玉ならば『翠玉《すいぎょく》』、紫州《ししゅう》ならば『紫玉《しぎょく》』と呼ぶこともある。王の晶玉ならば『華玉《かぎょく》』じゃ」

（華玉…）

州の数は鬼の時代と変わらず六州。中央の玉州には王都が置かれ王が直接治めているため、公子は通常なら全部で五人いることになる。州の名はそれぞれ、翠、紫、蒼《そう》、緋《ひ》、橙《とう》、そして玉。

ここまで聞いて、玲は小さく息を吐き出した。

少し頭を整理する必要がある。一度に理解するには内容が多かった。

「つまり、この国は王と公子とが…剣に封じた鬼の力を借りて治めていて、その人たちには鞘を持つ晶玉という立場の人がいて、その鞘が鬼の力を抑える役割をしている、ということですか？」

「まあ、だいたいそういうことじゃ…。そして、晶玉の鞘は公子が九つの年の春に与えられることになっておる」

剣と同様、鞘が現れると子どもは親元を離れ、その先の人生を「晶玉」として公子とともに生きることになるらしい。そのため、公子と晶玉の結びつきもとても強いものになる。

「晶玉は、公子よりは少し長く親元にあっての。公子が九つの時に、かぞえで三つから十五までの子どもの中に現れるんじゃ」

その定めのために、この国では子どもが州から出ることが禁じられているという。

何かが心に引っ掛かった。

だが、ここで言葉を切った延の気配が、それまでより重くなっていることに気付いて、玲は顔を上げた。

「…里で聞いたかもしれんがの、今の王、刹那王には鞘を持つ晶玉がおられんのじゃ」

翠の公子だった十五年前の春、九つになった刹那のもとに鞘は現れなかった。

「鞘が死んでおれば剣も死ぬ。剣が死んでも公子は公子のままじゃが、剣の持つ支配の力なしで領地を治めるのは難しいからの…。実際、無理じゃと言われておって、これまでも長く持ったためしはない…」

鞘を失い、剣を失った公子の多くは、失意のうちに命を落とした。そして、新たな剣が次の公子を選んできたのだ。

公子にとって、剣を失うことは人生を失うのと同じことなのか。

「しかしの…、刹那王の場合は、もっと悪いことになりおった。鞘が現れないのに、剣が死ななかったんじゃ。鞘を持たないまま、封じた鬼の力だけが増していきおった」

翠の公子は鬼に心を喰われているという噂が立ち始めた。そんな中、王が崩御し、選定の塚が現れたのだ。

そして、その塚が選んだのが…。

「刹那王じゃ。じゃが刹那王は、鬼になりかけとる。その髪の色が証拠じゃ。王に選ばれた時に、鬼だった頃の阿修羅と同じ銀に変わったまま戻らん。剣には阿修羅の名が刻まれておるというし…。あのお方は、半分鬼なんじゃよ…」

恐ろしいことじゃ…、と息を吐いて延は首を振った。

刹那王が即位して三年、不安定な天候が続き作物が実らない。橋や街道の整備も滞ったままだった。

それらも全て、鬼である刹那が王になったためだと人々は噂し合い、不満が大きくなると役場を襲撃するなどの暴動を起こすのだった。

「それが、さっきの騒ぎじゃよ。謀反《むほん》の罪は刑が重いからの。表立って王を責めはしないが…」

鬼になって自分たちを苦しめる王などいらないと、

陰で囁く者は後を絶たないという。

　暮らしがよくならず、今を耐えるのに精いっぱいで先への希望が見えない。そうした鬱屈《うっくつ》や苛立《いらだ》ちも、王への憎しみを大きくしているのだった。

「国中の者が、王を恐れ憎んでおる。役人の前では決して言えんことじゃが、王が斃《たお》れる日を誰もが望んでおるんじゃ…。鬼の王ならいらん。辛い時代に戻りたくはないからの」

　国中から憎まれ嫌われる王。

　どれほど恐ろしい王なのだろう。

（鬼の王…。刹那）

　玲の中に芽生えたのは恐れと、不思議なことにその王に会ってみたいという気持ちだった。その名の響きを聞けば、鞘を手にした時と同じ懐かしさが胸に満ちた。

（刹那……）

「ところで玲とやら、おまえさんがどこから来たのかという話じゃがの…。実は以前にも、どことも知れぬ異界…、おそらく鬼門の先じゃと思われる土地から流されて来た者がおったんじゃよ。先代の王の時代に一人、和国《わこく》から来たと言われた者がおった…」

　和国、と囲炉裏の灰に文字が書かれる。鬼門という言葉とその文字を見て、玲は顔を上げた。

「たぶん、和国というのは僕がいた日本のことだと思います。昔は『和』と呼ばれていたんです。その和国から来たという人は、今どこにいるんですか？」

「だいぶ前に行方をくらまして、生きているかどうかもわからん」

　言葉が途切れ、鉤《かぎ》に掛けた鍋がシュンと小さく湯気を吐いた。

「…おまえさん、どうやってここまで来たのか、何もわからんのかの？」

考えて、玲は手にしていた鞘を見る。

「洞窟の中で、この鞘を見つけて…、これを手にした後、何かに引っ張られたように思います」

「そうか…。ずいぶん立派なもののようじゃの。どれ、ちと見せてくれんか」

艶《あで》やかな鞘を、玲は延に差し出した。

だが、延が鞘に触れようとした瞬間、電気のようなものが走り、その手は鞘に弾かれた。

「…っ」

玲は驚いて鞘を引く。

延は玲以上に驚いた様子で鞘を見ていた。そして、飾り紐に結ばれた緑色の宝玉に気付くと、今度は玲の顔をまじまじと見つめた。

「いや、まさか…。じゃが…」

もう一度、延は恐る恐る鞘に手を伸ばした。今度も鞘は放電してその手を弾いた。

「これは…、いったい、どういうことじゃ…。晶玉の鞘も公子の剣と同様に本人しか触れられぬものじゃが…。王の剣は三尺を超える長剣のはずじゃ…。その鞘では小さすぎる…」

考え込むように鞘を見ていた延は、ふと顔を上げて玲に聞いた。

「玲や、おまえさん、今いくつじゃ？」

「十七です。四月には十八になります」

「そうか…。十五年前に数えで三つじゃったら、おまえさんであってもおかしくはないの…。じゃが、大きさがかなり違っておる…。玉の飾りも。王の鞘なら透明な晶玉だと聞くが、刹那王は以前、翠の公子じゃった。緑色の玉ということもあるかもしれん。いずれにしても、届けは出さねばならんじゃろう…」

独り言のように呟いて、延は最後に小さく頷いた。

ちょうどそこへ、十歳くらいの女の子がやってきて家の戸口に立った。

「おじいちゃん、ただいま」

「由希《ゆき》か。学校はどうじゃった？」

由希と呼ばれた少女は軽い足取りで走り寄って、粗末な紙を延に差し出した。

「楽しかった。今日もたくさん写しをしたよ」

「そうかそうか。あとで見るからの、一つ頼みがあるんじゃ。役場まで行って、気になる鞘があると言ってきてくれんか」

「鞘？　それって、晶玉の鞘のこと？」

「いや、まだわからんよ」

由希は、目を輝かせて玲を見る。

「もしかして、この人が晶玉の鞘様なの？　そうなのね！　なんて綺麗なの！」

「いや、じゃからまだはっきりしたことはわからんのじゃよ。とりあえず知らせてみて、どうしたらいいか聞いてきておくれ。あまり騒がずに知らせてくるんじゃよ」

わかった、と真剣な顔で頷いて、由希はたった今入ってきたばかりの戸口から飛び出していった。

その背に延が「あまり人に言わんようにの」と声をかけるが、由希の姿はもうそこにはなかった。

「僕も行ったほうがよくないですか？」

「うむ。じゃが、その着物はちと目立つからの…。明日にでも、役場のほうから人が来るじゃろうし、できればわしが付き添って話を聞いてやりたいと思うておる。役人が来るのを待てばよかろうよ」

足腰が弱って、役場までついて行くのは難儀だからと笑って、延は玲に白湯《さゆ》を勧める。

囲炉裏の鍋から掬《すく》った白湯は、水の甘さを含んで柔らかく、湯気とともに身体を温めた。

「おまえさんも疲れたじゃろう。夕餉《ゆうげ》まで、少し楽にしとったらいい」

　自分は藁を手に取ってそれを紐に紙縒《こよ》りながら、延が優しく言う。

「何もないがの。夕餉が済んだら、今夜はここに泊まればいいからの」

「でも…」

「遠慮なんぞするもんじゃないぞ。他に当てもないんじゃったら、気を楽にして、わしの言うとおりにすればいいんじゃ」

　ゆったりと諭すように言い含められ、玲はこくりと頷いた。

　日が暮れる頃、由希とその弟、由希の両親らが戻って来て、それぞれの作業をしながら玲の事情を延に聞いていた。

　そして、

「それは、大変ねえ」

「なあに、行くとこが見つかるまで、ここにいればいいさ」

「元気出してね」

と、口々に気遣う言葉をかけてくれたのだった。

　夕餉には囲炉裏を囲んで、大根や雑穀の混ざる粥《かゆ》を皆と一緒に食べた。白湯と炒《い》った大豆と粥だけの食事は決して贅沢なものではなかったが、心と身体を十分に満たしてくれた。

　夜になると、板の間に敷いた藁の床に横になった。薄い上掛けを玲に渡した由希は、弟とともに一つの布団に潜って笑っている。

　夜間の照明も兼ねる囲炉裏の端でいつまでもはしゃいでいる由希と弟を、彼らの両親が優しくたしなめていた。

　赤い火が小さくなる頃、一日の労働を終えた彼らはゆったりとした寝息を立て始める。

玲も目を閉じていたが、自分の身に起きたことを思うとすぐには寝付けなかった。

風さえ吹かない静かな夜だった。

心はまだ、不安でざわついている。

それでも、こうして眠る場所を提供され、その不安も初めよりは和らいでいた。

優しく温かく気遣われていることに感謝し、少しだけ先のことを考えてみる余裕もできていた。

(みんな、いい人ばかりだ…。だけど、これから僕はどうなるんだろう…)

今は延に助けられているが、この先どうすればいいのか玲には何もわからなかった。どこへ行けばいいのか、何をすればいいのか、一つも思いつくことができず、それでもただ、生き延びなければと思う。

生きてさえいれば、いつか道が開けて日本に帰れるかもしれない。

その方法を見つけるためにも、落ち着いて、しっかりとまわりを見て…。

そう自分に言い聞かせ、ただじっと目を閉じていることしかできなかった。

瞼《まぶた》の裏に必死に玲を呼ぶ珠里の姿が浮かんだが、すぐにそれは小さな光の点に変わり、闇の中に消えていった。


明け方の寒さで目が覚めた。いつの間にか浅い眠りに落ちていたらしい。

薄い布団にくるまり身を寄せ合う一家はまだ深い眠りの中にいる。借りた一枚を由希とその弟の上に掛けてやると、小さな二人はほっとしたようにかすかに微笑《ほほえ》んだ。

玲も微笑んで、囲炉裏の弱い明かりに浮かぶ室内をゆっくりと見回してみる。

板の間が一つあるだけの家の中はお世辞にも贅沢とは言えない。だが、囲炉裏の鉤や土間の竈《かまど》に掛けられた鍋は使い込まれていて、いくつか置かれた甕《かめ》にはしっかりと蓋がされている。

昨夜ふるまわれた質素だが温かい食事は、日常のものなのだとわかった。

昨日聞いた話の断片が玲の頭によみがえる。

今この国に、飢えて死ぬ者はいない。

けれど、ここ三年ろくに作物が採れていない。

一間だけの家、藁の床に薄い上掛けの布団、雑穀と野菜を塩で調えた粥と白湯の夕餉。

日本とは比べようもなく、ものは乏しい。

眠る人たちの安らかな顔を眺め、それでも心は豊かだ、と思った。


騒ぎの中で玲を助け、ここまで案内してくれた女、その時まわりを囲んで話し合ってくれた者たち、何もわからない玲に国の成り立ちから話してくれた延と、有り余るとは言えない食事を玲に分け与え嫌な顔一つしないその家族。

困っている者への優しさや思いやりが、当たり前のように満ちている。そのことに深い感銘を受けるとともに、心から感謝した。

ゆっくりと土間に下り、音を立てないように戸を開け外に出た。

地平線から朝日が昇り、眠っている冬田や小松菜畑、半分荒れてしまった大根畑、遠くにこんもりと茂る小山を、薄闇の青から明るいオレンジに染め変えながら光で満たしてゆく。

「早起き、ですね…」

ぎこちない敬語が背中に聞こえ、振り返ると由希がもじもじしながら立っていた。

「おはようございます」

「あ…っ、お、おはようございます…」

赤くなって、何か話したそうにその場に立っている由希に、玲のほうから質問してみた。

「由希さんは、学校に行っているんですか？」

ぱっと顔を上げて、由希は勢いよく頷いた。

「太一《たいち》も行ってます」

太一というのは由希の弟だ。

「学校には、みんな行きます」

全ての子どもが行くように国が定めているのだという。家の手伝いなどで難しいこともあるが、行ける時に行き、十歳くらいまでに読み書きと簡単な計算を習得するよう義務づけられているのだそうだ。

文字の練習には杖が伝えた歴史物語を書き写すが、もう十歳だという由希は、やや難しい漢字も含まれている三巻目を写していると教えてくれた。写しは六巻まであり、多くの者は二、三巻目までで読み書きの習得を終えるらしかった。

「三巻には晶玉様たちのお話がたくさん書かれているの。阿修羅王に仕えた最初の晶玉様、華玉様はとても綺麗な人だったんですって。今でも晶玉様たちは、美しい方が多いのよ。橙州の恭《きょう》様とか…」

人柄や頭の良さや健康に恵まれているだけでなく、公子も晶玉もどういうわけか見目まで美しい者が多いのだと、由希はうっとりと話す。

「だから、玲さんもきっと晶玉様じゃないかなって思うの」

とても綺麗だから…と真っ赤な顔で手放しに称賛されて、玲はどう答えていいかわからず視線を彷徨《さまよ》わせた。

「華の晶玉様のお話は聞いた？」

玲は首を振った。

由希が言うには、全ての鬼を倒し自らの命も神に献じた阿修羅の傍らには、一人の少年があったらしい。

「阿修羅っていう鬼は、その名前を口にするのも怖いっていうほど恐ろしい鬼だったんですって。他の鬼たちでさえ、阿修羅に出会うと逃げて行ったって写しに書いてあったわ」

その阿修羅のもとに、いつからか不思議に光る宝玉を持つ少年が寄り添うようになる。

「その人が、後で『華の晶玉』とか本当の『華玉』って呼ばれる、最初の晶玉の鞘様なの。鬼である阿修羅を愛して、心を与えたのよ」

寂しさや悲しさ、それを埋めるために互いに慈しみ合うことを知った阿修羅は、人を憐れみ、同族である鬼を憎むようになった。そして、全ての鬼をその手で滅ぼしてしまったのである。

最後の鬼を倒した後、阿修羅は自らの命も神に献じて鬼の世の終わりを願ったが、その時少年も阿修羅とともに命を捧げたのだ。

「そこで神様が奇跡を起こしたの。少年の持つ宝玉が五色に輝いて、阿修羅と少年を生き返らせたのよ。そして、光の中から剣と鞘が現れたんですって」

由希、と家の中から呼ぶ声が聞こえ、由希が振り返って応えると、戸口に立った母親がほっとしたように微笑んだ。

「朝餉の支度に使う水を汲《く》んでこなくちゃ」

「手伝うよ」

畑の先の共用の井戸に向かいながら、由希は話の続きをした。

「鬼の世の終わり、人の世の始まりに満ちる光、それは華の晶玉、華玉様が持つの光のことよ。『華玉』

っていうのは、もともとは最初の晶玉様が持ってた不思議な色の宝玉のことなの」

鬼の世の終わり、人の世の始まりに満ちる光。

「その名残で、王の晶玉様を華玉様って呼ぶけど、五色に光ったのは最初の華玉様の玉だけ。奇跡を起こした伝説の宝玉だけよ」

現在、王の鞘に結ばれる晶玉は透明の玉だ。最初の華玉だけが五色に輝いたのだと由希は繰り返した。鶴瓶式《つるべしき》の井戸を操り、由希が手桶に水を満たしてゆく。井戸はそう深くはないようだった。

玉州は泉や温泉が多く、水汲みが楽なのだと由希が教えてくれた。

由希から引き取って、手桶を玲が持つ。

それからも由希は、晶玉は普通、公子と同じ州から公子のいない玉州に生まれること、そのため子どもは十五歳までは州から出てはいけないことなどを、生き生きとした表情で玲に話し続けた。

公子や晶玉の物語は、この国の子どもにとって、学びの道具であるだけでなく、一種の娯楽、豊かな楽しみの中心になっているようだった。

延の話を聞いた時にも心に引っ掛かったことを、玲は由希に質問した。

「十五歳まで、子どもは州の外に出られないの？」

「そうよ。大人になっても、普通はそんなにあちこち移動しないけど…。いろんな所に行くのは商人だけね。でも、商人の家の子でも、十五歳までは州から出られないのよ」

鬼玉村の慣わしが頭をよぎる。

「もし出たら、どうなるの？」

「さあ。神様にかかわることだから、国の法ではなくて天からの罰が下るのかも…。怖くて誰も出たことがないから、どうなるかはわからないわ」

ふと玲を見上げ、由希がどこか慌てて言った。

「でも、玲さんは最初から異国に生まれたんだから、それにはわけがあったんだと思うの。神様にはきっと、何かお考えがあったのよ」

そして真剣に続ける。

「きっとそうよ。学校を作った呪術師の和国という人が言っているの。神様の采配というのは人にはわからないところにまで及ぶものなんですって」

「和国っていうのは人の名前？」

「ええ。和国から来たからそう呼ばれてたみたい」

「その和国という人が学校を作ったの？」

日本から来たという人物の話に、玲は興味を引かれた。

「そうよ。文字や暦を伝えたのもその人よ」

先王の時代に、呪術師の杖が記憶していた歴史を本にまとめて、学校で文字の練習に写すように仕組みを整えたのも和国だという。

歩きながら、由希は懐から紙を取り出し、玲に見せた。

そこに書かれた文字を目にして、玲は驚いた。ほとんど玲たちが使っているものと変わらない。延が囲炉裏に書いた文字もそうだったことを思い出し、確かに和国が伝えたのだと思った。

玲と同じように、日本から流されてきた者が伝えたもの。

「和国という人は、行方が知れないって聞いたけど…」

「そう。呪術師だったから、どこかに逃げてしまったのよ…」

呪術は人の心を操る。

古い時代から鬼に利用され、人の心を惑わしてきた呪術は、現在では国が堅く禁じているのだった。

杖を持つ者は国に届け出る義務があり、その使用には王の許可が必要になる。

「杖も、剣や鞘みたいにある日突然、目の前に現れるけど、神様の道具じゃないから受け継がなくてもいいの。…呪術はよくないものなのよ。鬼が使っていた呪術師はみんな悪い人だったの。だから誰も杖を継ぎたがらないわ」

継ぐ者のいない杖は消滅するという。始王が立って以来、多くの杖が所有者を得ることなく消えてゆき、現在まで残っている杖はわずかに二本だけだということだ。

和国の杖と、紫州の公子である由旬《ゆじゅん》公が、先代の王に請われて継いだもののみだという。

「お父さんやお母さんが子どもの頃はもう一本あったんですって。でも、あたしが生まれるずいぶん前に、その杖もどこかに消えちゃったらしいわ」

同じ頃に和国も行方知れずになってしまい、結局、現在所在がわかっているのは由旬の持つ杖だけのようだ。

それからも由希は、いつか見かけた橙州の晶玉があまりに美しくて驚いたことなどを、楽しそうに話し続けた。

（公子の剣と晶玉の鞘と、呪術師の杖か…）

まさに異界である。空想の中でしか知ることのなかった伝承や呪術、神話が生きている世界。

（そして、鬼の王…）

本当に日本に帰れるのだろうかという不安が大きくなるが、それを無理やり心の隅に押しやって玲は前を向いた。来ることができたのなら帰る方法もきっとあるはずだと、自分に言い聞かせた。

朝餉を終え、しばらくすると、由希と太一が学校へ出かけて行った後、延が言っていたとおり役場から官吏《かんり》が二人やって来た。

「鞘はどれだ」

玲が鞘を差し出すと、官吏は無造作にそれを手に取ろうとする。

とたんに電撃が走った。

「……っ」

手を弾かれた官吏は、痛みを逃がすようにその手を振りながら、呆然と呟く。

「…本物なのか？」

もう一人の官吏が鞘を覗き込む。

「飾り玉があるな」

「色は緑か…。だが、翠には今、公子がいないだろう…？」

「ただの鞘ではなさそうだが、晶玉の鞘かどうかはなんとも言えんな」

それから二人は玲に視線を向け、ダウンやジーンズ、短い髪を見てうさん臭そうに眉をひそめた。

「妙な格好をしているが、おまえはこの村の者か」

これには延が答えた。

「どこから来たのかわからんそうじゃ」

官吏たちは困った様子で何事かを相談している。

「いずれにしても、一度、王都へ行ってもらうのがよさそうだな」

結局それだけ決めると、明日の朝、迎えを差し向けると告げて帰って行った。

王都に行くには馬車で半日、歩けば二日ほどかかると教えられた。明日の朝出て、途中どこかに宿を借りるという。野間沢郷と花ノ宮郷の境までは役場の誰かが送るだろうと言われたが、その先は玲一人で行くようだった。書状を持たせると言われたが、やはり不安だった。

「一緒に行ける者がおればいいんじゃが…」

心配してくれる延の言葉がありがたかったが、この村の人たちにも暮らしがあることは、気持ちが落ち着くにつれて玲にもわかり始めていた。

どこへ行っても、右も左もわからないことに変わりはないのだと考え、覚悟を決める。

「大丈夫です」

笑顔を見せる余裕ができたことに自分で驚いた。

明日には玲がいなくなると知って、由希は残念がった。

「でも、晶玉様なら王や公子のおそばにいるのが一番だものね」

晶玉は州の城に上がれば、その後は一生公子とともに生きる。

剣と鞘は決して離れてはならないのだ。

晶玉かどうかはまだわからないと何度言われても、由希はかたくななほど「玲さんはきっと華玉様に違いないわ」と言い続けた。

「鬼の世の終わり、人の世の始まりに満ちる光。それはどこか遠い所から来るって、杖の歴史書に予言があるもの。玲さんが遠い所に生まれたのは、きっと神様の計画の一部なのよ」

晶玉にとって一番の居場所は王や公子の隣だ。だから、そこへ行くことが玲には一番いいことなのだと繰り返して、由希はじっと玲の顔を見る。

その瞳には、十歳の少女とは思えぬ深い色が浮かんでいた。

「王はずっと、待ってたのよ…。これで、この国は救われるのね」

待っていたという言葉が、胸の裡を温かく満たしていった。

(王様は、どんな人なんだろう…)

その夜は風が強かった。

風の音に混じって夢の中で誰かの声を聞いた気がした。

――鬼は恐ろしい。鬼の王が、再び鬼の世を呼ぶぞ…。

――翠玉…。

悪夢にうなされながら目を覚ますと、炉の端で延が難しい顔をしていた。

玲の気配に気付くと、その表情をわずかに緩めて穏やかに聞いてくる。

「どうかしたかの」

「何か…、声のようなものが頭の中に聞こえて…」

声と呼べるほどはっきりとしたものではなかったが、頭の中に忍び込むように言葉が浮かび、そのままそこに置かれた気がした。

「おそらく、杖じゃ…。言葉として受け取れたなら、まだいいかもしれん。自分の頭で、一度考え直すことができるからの…」

杖の声の届き方はさまざまで、気持ちだけを操られることも多いらしい。その場合、いつ聞いたともわからない言葉は記憶に残らないまま、心だけが動くのだという。

杖の力とは、一種の洗脳のようだ。その力のために呪術は堅く禁じられているのだろう。

「禁じられている呪術を、使った人がいるということですか…？」

「そうかもしれん…。じゃが、杖などというものは、そう簡単に使うもんではないからの…。和国がいた頃には、何度か杖の声を聞いたこともあるが…。」

まだ険しい表情の延は、何かを納得しかねているようだった。

「二つの声じゃろうか…。一つは由旬公かもしれん。杖を継いだ頃、先王の命で翠玉を探しておられたが、その声のようじゃった。じゃが、もう一つ別の声があったような気がするんじゃ…」

延の言葉を背に白み始めた外に出ると、畑の先の井戸端でも、集まった人たちが不安そうに話し合っていた。

「なんだか昨夜はよく眠れなくて…」

「風が強かったからね…」

延ほどはっきりと、杖の言葉だとわかっている者はいないようだった。由希やその両親にも言葉までは届いておらず、ただ不安だけが心に根を下ろしているようだった。

元気のない様子で水を汲む由希の背中を見ながら、玲自身の心にも恐怖と不安が忍び込んでいることに気付く。

（鬼の王…）

王都に行けと言われたが、玲はそこで、鬼の王と呼ばれる刹那王に会うのだろうか。

朝餉の後、延や由希やその家族に礼を言い、別れを告げた。何も持たずに流された玲は、王都までの食糧にと由希の母に持たされた一袋の炒った大豆、竹筒に入れた水、そして鞘だけを手に畑の先の細い道に立った。

王へのかすかな恐怖と、それと裏腹な会いたいという気持ちを胸に、二月の冷たい風が吹く中、迎えの官吏を待っていた。

地平線の彼方に砂埃が舞った。

目を凝らすと、広大な大地をこちらに向かって、数頭の騎馬が駆けて来るのが見える。砂埃の背後には影絵のような石垣が淡く霞《かす》んでいた。

畑に向かう男たちが足を止め、舞い上がる砂塵に目を細めた。

「なんだ…？」

「紫の旗…。紫州の由旬公か？」

「こっちに来るな…。由旬公がいったいなんの用だ？」

玉州の領主は刹那王だが、各州の公子も普段は王都に居を構えている。紫州の公子である由旬が玉州にいても不思議ではなかった。

だが、玉州内で旗を掲げているならば、その場に公子がいるということだ。公子自らが姿を現す機会はそう多くはない。

「一昨日の騒ぎの沙汰《さた》か。公子が出るような大きなものでもなかったろうに…」

「騒ぎの沙汰なら警備担当だ。お出ましになるにしても緋州公の祥羽《しょうう》様だろう。それだって滅多にあることじゃない」

いったい何事だと、誰もが不安そうに首を捻《ひね》っていた。

騎影が徐々に濃くなるにつれ、そう大きな隊列ではないことがわかった。全体で十にも満たないだろう。せいぜい七騎か八騎ほどか。

荒れ地を横切り見る間に近付いてきた一行は、ザッと鋭い音を立てて道の先で止まった。乾いた土が周囲に舞い上がる。

そこからゆっくり玲たちの面前にまで移動し、騎馬隊は足を止めた
畦道に集まった人々が一斉に叩頭《こうとう》するのを見て、

慌てて玲もそれに倣《なら》う。

先頭の白馬から下り立ったのが紫州公、由旬であるらしく、彼は玲の前まで来ると、畦に膝を着いて言った。

「…お探ししました。どうか、お顔をお上げください」

言われるままに顔だけ上げると、穏やかな瞳が覗き込んでいる。

「本当に、お探ししました」

もう一度ゆっくりと繰り返した後、由旬はふっと微笑んだ。

「さすがにお美しい」

唐突に褒められて、玲は少し驚いた。戸惑っていると、どこか憂いを含んだ視線が鞘に向けられる。

「翠玉…」

呟かれた言葉を聞き、鞘を調べに来たのだろうかと思った玲は、由旬の前にそれを差し出した。

しかし、由旬はかすかに苦笑しただけで、鞘に触れようとはしなかった。

「あれに弾かれるのは、ごめんです。これに触れられるのはあなたと、この鞘に剣を収める王だけですから」

「あの…」

「ご心配には及びません。杖が確かに、この鞘を晶玉の鞘だと示しています」

「杖が…？」

冬田の上に低いざわめきが広がった。

「翠玉…？　晶玉の鞘なのか…？」

「だが、翠には…」

人々の困惑が満ちる中、由旬が玲に告げる。

「郷の城から迎えが参ります。私は一足先に戻り、あなたの到着を王に伝えましょう」

「え…？　王様に、ですか…？」

　驚いている玲の前から由旬は立ち上がり、軽い身のこなしで馬上の人となると、その顔に笑みを浮かべて続ける。

「王都でお待ちしています」

　たったそれだけのやり取りを残し、一行は立ち去ってしまった。

　旗を掲げた騎馬は、来た時と同様、速度を上げて遠ざかってゆく。騎影は見る間に小さくなり、やがて砂埃だけを残して見えなくなった。

　集まった者たちが、戸惑いを見せつつ立ち止まる中、今度は別の方角にある森の陰から、さほど大きくない二頭立ての馬車が現れた。

　崩れて細くうねる道を避け、少し先のやや広い場所にその馬車が止まると、中から水干《すいかん》に似た着物姿の青年が降りて来る。

　年の頃は二十代半ばくらいだろうか。まだとても若そうに見えた。身長は百七十センチ前後で玲とあまり変わらず、痩《や》せているが姿勢はよく、動きも機敏でしっかりとした印象を与えた。

　陽《よう》と名乗った青年は、玲の世話をするために王都から使わされた者だと言う。

　色白の顔に薄いそばかすが散り、笑みを浮かべた表情はどこか飄々《ひょうひょう》としている。

「大変申し訳ありませんが、あちらまでお越しいただけますか？　ここまで馬車を入れるのは、ちょっと無理そうですので…」

「でも…。王都までは歩くのでは…？」

「由旬公のご命令です」

　玲が戸惑っていると、里の男の一人が小声で背中に言った。

「由旬公の仰せだ。従ったほうがいい」

別の男が励ますように続ける。

「公子様のなさることだ。心配はいらん」

大丈夫だからと、里の男たちに促され、玲は馬車のほうに足を踏み出した。

小さいが立派な馬車だった。祭りの山車《だし》に似た凝った装飾が施され、窓に当たる部分には細い竹で編んだ小さな御簾《みす》が下げられている。

郷の城にしまわれていた華玉のための臨時の馬車だと陽が説明した。

中からは、御簾を透かして外の様子を見ることができた。

歩くはずだった道を、馬車で半日揺られて行くことになった。初めのうち、荒れた道を行く馬車はガタガタと大きく揺れた。

「短い距離を走るための小さい馬車なので、速度を出すと揺れるのです。身体は痛くないですか？」

陽に聞かれて、御簾の窓から視線を戻す。

「…大丈夫です」

玲が頷くと、陽はにこりと微笑んだ。

「主上がお待ちになっています。少しお辛いかもしれませんが、急がせていただきます。あまり身体が痛むようなら仰ってください」

その言葉が不思議で、玲は陽の顔をじっと見た。

この男は王が「待っている」と言う。由旬公は「探した」と言っていた。

王は、この鞘を待っているのだろうか。

三尺を超えるという王の剣に、玲の持つ鞘は小さすぎて合わないはずだ。

なのに、なぜだろう。

「あの…」

鞘のことを聞こうと思ったが、何をどう聞けばいいのかわからなくなり、結局、別の言葉を口にしていた。

「僕は、王様にお会いするのですか？」

「もちろんです」

「王は…、王という方は、どんな方ですか？」

揺れる馬車の中で玲の顔に視線を留めたきり、陽は答えを返さなかった。

恐ろしい王だと聞いた。鬼になりかけているのだと…。

「陽…さん…？」

「それは、あなたご自身の目でお確かめになったほうがいい」

静かだがきっぱりとした口調でそう言い切った陽は、やや慌てて「…と思います」とつけ足す。

「あなたの目で、直接お確かめになってください」

頭を下げ、そう繰り返したきり、陽は口を閉じてしまった。


玲はそれ以上聞くことができず、狭い馬車の中で向かい合ったまま陽の顔を眺めていた。

硬くなった空気をほぐすように、陽が少し微笑んでみせる。

「主上は長い間、あなたを探しておられました。あなたは主上にとって、誰よりも必要な方なのです」

玲の持つ小さな鞘が王のものであるとは思えないが、由旬は「杖が探した」というようなことを言っていた。おそらく王は、この鞘が必要な鞘かどうかを確かめたいのだろう。

そう考えて、ひとまず頷いた。

王のもとへ行けば、鞘のことははっきりする。場合によっては、日本へ帰る方法についても何か聞けるかもしれない。

それきり黙って何も言わない陽と、いくつかの集落と大小さまざまな石垣を遠くに、あるいは近くに見ながら、馬車に揺られて行った。

どこまでも続く荒野や深い森、川や湖や山、日本の多くの土地が失くして久しい手付かずの自然が、はるか彼方まで広がっていた。

世界はまだ、神の手の中にあるようだった。

木製の橋を何度か渡り、石の橋を一つ渡り終えると、道は広く平らになった。

しばらく行くと、それまでのものとは比較にならないほど高く大きな石垣が見えてくる。

太陽が天頂に届く頃、馬車はその石垣の前に着き、門を守る兵士の手によって止められた。

御簾越しに覗き見ると、石垣の前には堀が巡らされていた。戦国時代の城の構えに似ているが、石垣の向こうに高い建物は見えなかった。

太く黒い鎖に支えられた厚い板が、堀に渡され橋の役目をしていた。必要があれば、橋はいつでも引き上げることができ、石垣とともに中にある土地を守る強固な囲いとなるのだろう。

石垣には厚みがあり、短いトンネルのような通路を抜けると、その先に大きな街が広がっているのが見えた。

中央に伸びる幅の広い通りに沿って、木造の建物が整然と並ぶ。屋根に付けられた板の看板や入り口に掛かる掛幕などから、それらが商店であることがわかった。

瓦葺《かわらぶ》きの屋根が黒々と連なり、甍《いらか》の波を形作っている。その波が昼の日差しを受けてキラキラと光っていた。

それまで見て来た荒れ地との違いに、玲はしばらく目を瞠《みは》っていた。時代劇のセットのような光景に興味を引かれて見入っていると、陽が短く説明した。

「ここが王都、京華《けいか》の街です」

通りに立つ人々は、馬車に掲げられた王旗を目にして次々に跪拝《きはい》する。しばらく行くと、正面に再び石垣が見えた。

「また、城壁があるのですか…？」

「先ほどの壁は防壁です。街を守るために造られたものです」

わずかに間をおいて「…鬼の時代に」と陽は続けた。同時に馬車が止まり、城門の厚い板戸が左右に開かれた。

「この先が王城になります」

短いトンネルを抜けてすぐの場所は、広大な広場になっていた。道幅の広い通りが広場と垂直に延び、その通りも広場も乾いた平らな土で覆われていた。背後には、大きな門が三つ整然と並んでいる。

広場に面して、白い漆喰《しっくい》の築地塀《ついじべい》が遠くまで続いていた。かなり離れた場所にあるそれらのところどころに、正門らしき立派な出入り口が見え、数えると左右にそれぞれ三つずつ、全部で六つの敷地があるようだった。

「あの塀の奥は各州の別邸です。公子様たちはほとんど王都に留まっていらっしゃるので、別邸というのは適切ではないかもしれませんが、領地には州城もお持ちですのでそう呼んでいます」

広場に面する塀の幅がそれぞれかなり長く、奥行きはさらに数倍ありそうだった。遠い上に塀に隠されているので、内部の様子を伺うことはできない。

しばらく行くと、正面にひときわ大きな門が現れ、それが王宮の入り口だとわかった。

「この先を内宮、ここまでの城内を外宮と呼んで区別します。王宮とは、主に内宮のことを言います。国の政《まつりごと》は全て内宮で行われ、外宮は公子様たちのお住まいと、領地に関する執務のための場所になっています」

門の手前で馬車を降りると、玲の身なりを見た警備兵が不審げに眉をひそめるが、陽が書状を差し出すと、はっとして道を開け一斉に跪拝した。

内宮には白い玉砂利が敷き詰められ、松の枝の先に木造の長い建物が連なっていた。

建物の内外に、陽と同じような水干姿の人が行き来していて、官吏たちだと教えられた彼らも髪は長く、皆上衣と同色の布で一つに括っていた。

短い髪や現代日本の服装は、この国ではかなり異質なものらしく、玲の姿を認めると誰もが奇異の目を向けてきた。

奥の大きな建物の前まで来て、陽に続いて履物を脱ぎ中に入った。建物同士は橋のような回廊でつながっていたが、板敷の廊下を進むうちに、その複雑さと広さに、どこをどう移動してきたのかわからなくなった。

吹きさらしの回廊と障子の入った廊下をいくつか通り抜け、大広間のような部屋の前に立った。開け放たれた襖の先は、百畳はありそうな広い部屋で、畳ではなく光沢のある板が敷き詰められている。

部屋の前方に数人、明らかに着物の作りが豪奢な人々が立っていた。

公子と晶玉たちだと陽が教えてくれる。

そして、その奥の一段高くなった場所に目を向けた時、玲の心臓は大きく一つ鼓動を打った。

薄く透ける御簾が下がっている。その向こうに座る人の輪郭《りんかく》だけが、影絵のように見えていた。

刹那王。

御簾越しにも、その佇まいには覇気が漲《みなぎ》り、周囲を威圧する気配があたりを包んでいた。

陽が進み出て、正面をやや避けた位置で跪拝する。

「華玉をお連れ致しました」

華玉——王の鞘を持つ者。

迷いのない言葉に、兵や従者、後方に控えた官吏たちが、姿勢を正したまま息をのみ、陽から数歩離れて立つ玲に視線を向けた。

ゆらりと空気を揺らし、御簾の向こうで立ち上がった王が、薄い竹を透かして玲を見据えた。

そして、大きく一歩踏み出すと、自らの手で無造作に御簾を払った。

全ての人が一斉に跪拝したが、玲だけは身動きを忘れてその場に立ち尽くしていた。

目を見開いたまま、王を見上げる。一段高くなっているとはいえ、百七十二センチの玲が見上げるほど、王は長身だった。

鋭い暗赤《あんせきしょく》色の目が玲を見ていた。左右対称の硬質な顔。軍神のように逞《たくま》しくしなやかな体軀《たいく》を、王に相応しい見事な衣装に包んでいる。

今年二十四と延が言っていたが、実際に目の当たりにした王は、若さと猛々《たけだけ》しさに溢《あふ》れていた。

そして…。美しかった。力強く、神々しいまでに光り輝いていた。着物こそやや乱れているが、その姿は計算し尽くした美術品のような造形で、強靭《きょうじん》で完璧な理想の形状を呈している。

不機嫌に寄せられた眉と挑むような鋭い目が、その姿が作り物ではなく、生身の人のものであることを教えていた。

そして、その完全さの中でただ一つ、異質なものがあった。

（銀色の髪…）

若く美しい王にはあまりに不自然な白銀の髪が、光の束になって肩と背中に流れ落ちていた。

「華玉」

低く発した王の声に視線を合わせると、赤みを帯びた瞳には怒りの炎が揺らめいていた。鼓動の速さが増し、玲の中に不安が生まれる。

「華玉。なぜ今頃現れた」

厳しい声で問われ、答えを探して視線を彷徨わせる。玲の目が陽を捕らえるが、唯一知る姿は跪《ひざまず》いて頭を下げたままだ。

他の者も全員、王を前に跪拝している。

怒気を含んだ気配に、広い室内は張りつめたようにしんと静まり返っていた。

「答えろ、華玉。今まで、どこで何をしていた」

「僕は…」

言葉を見つけられないまま、緊張に震える指先で鞘を握りしめた。

それを見た王の目が眇《すが》められる。気配が冷ややかなものに変わり、視線が逸れてゆく。

陽を睨み据えた王が鋭く問う。

「これが華玉だと？」

跪拝したまま、陽はさらに深く頭を下げた。

「これのどこが、華玉の鞘だ。大きさが違い過ぎる。玉飾りはあるが、色も違う」

陽が答えずにいると、由旬が静かに進み出た。

「だが、杖が見つけた。本物だ」

「杖が読むのは人の心だろう。それが間違っていたとは思わぬか」

「杖は、真実を選び取る。この鞘を晶玉の鞘だと本気で信じた者がいた。そうでなければ、杖は反応しない」

ふん、と小さく鼻を鳴らし、興味を失ったように王は背を向けた。

「ならば、信じたその者が愚かだったのだ。この鞘がどうやって、俺の剣を収めることができる」

あまりに小さい。

跪拝を解いた者たちは、困惑して王の背中と玲を見比べ、やがて玲と鞘から視線を外した。

「畏《おそ》れながら…」

玉座に向かう王の背に、陽が唐突に言葉を発した。一介の従者の取った予期せぬ行動に、周囲の者が慌てふためく。

肩越しに、王は陽を一瞥した。その暗赤色の瞳をまっすぐ捕らえ、迷いのない声で陽は続ける。

「剣を一度、収めてみてはいかがでしょうか。剣は生きて成長します。鞘もまた、剣とともに成長致します。主上が翠の公子でいらした九つの頃ならば、その鞘は剣に見合っていたようにお見受けします。鞘はただ、その時から変わっていないだけなのではないでしょうか」

剣を収めることで、鞘は今あるべき姿に変わるのではないかと、陽は訴えた。

従者に過ぎぬ者の立場をわきまえない発言を、王は表情のない目で聞いていた。

触れれば砕けてしまいそうな凍った空気が、室内を覆い尽くした。

「おまえ、陽と言ったな」

王の言葉に、陽は頭を深く下げた。

「なぜ、そう思う」

「この鞘には、触れることができません」

「確かか」

鞘が本物ならば、剣と同じように持ち主にしか触れることはできない。

陽が頷くと、王は由旬に言った。

「由旬、試してみろ」

由旬が顔をしかめる。

隣に立った柿色の袍の公子が一歩進み出た。壮年の、堂々とした男だ。

「私が試してもよろしいか」

「いいだろう。我尺《がしゃく》、試せ」

柿色の公子——我尺が玲の前に立ち、鞘に触れようとするが、鞘は瞬時に放電してその手を拒んだ。驚いた我尺は、すぐに手を引く。

その様子を見ていた王は、袍を翻《ひるがえ》して玲の前まで来ると、腕を摑んで一段高い御簾の中に引き込んだ。

「あ、あの…」

抵抗する間もなく、玲は奥の一角、台座の前まで連れていかれる。

台座には抜身の剣が置かれていた。

一メートルに近い大きな刃物が、黒い漆の剣台に支えられている。

美術品のように凜《りん》とした刃物は、近くで見ると恐ろしい。

恐ろしいのに、玲はその刃物に魅せられた。

(なんて、綺麗な剣…)

刀でも、西洋のソードでもなく「つるぎ」である。白銀の滑らかな両刃の剣が、剣台の上で銀色の光を放って輝いていた。

その剣を睨むように見据えていた王——刹那が、息を詰め、ゆっくりとその剣に手をかけた。

ゆらりと精気が立ち上り、刹那の顔が苦しげに歪められる。

何かと闘うような苦痛の色を面《おもて》に浮かべながら、刹那は剣を掲げ、その切っ先を玲の手にした鞘に向けた。

白銀の刃を向けられ、身を竦ませて立つ玲の手の中で、突然鞘が光を放って輝き始めた。

焼けた鉄のように強い光を発し、鞘が形を変えてゆく。結ばれた晶玉は緑から透明な無色に変わり、光の中から浮かび上がった見事な黄金の細工が、鞘の表面を覆い始めた。

　そして、鞘はゆっくりと剣をのみ込んでいった。

「……っ」

　全身に鳥肌が立ち、鞘から手が離れる。鞘はしっかりと剣を収めて刹那の手の中にあった。

　刹那の顔から苦痛の色が消え、静かな暗赤色の目が鞘を見つめていた。

「華玉…」

　赤みを帯びた瞳がわずかに揺れ、さまざまな感情が通り過ぎたが、この時の玲には、それらを読み取ることはできなかった。

　玉座の前に進んだ刹那が、鞘に収めた剣を高く掲げると、ため息とも歓声ともつかない声が御簾の向こうに広がった。

「華玉…」

「本当に…」

　公子たちの口から言葉が零れる。それ以外の人々は、感に堪えない様子で再び跪拝した。

　室内に満ちた興奮が落ち着くと、小姓を束ねる侍従や官吏たちが慌ただしく動き始めた。それぞれが定められた場所に整列し、侍従の指示で運ばれて来た黒い漆塗りの椅子《いす》が御簾の前に並べられる。

　刹那が玉座に着くと、玲はその斜め後ろに寄り添うように立たされ、御簾の前に並んだ椅子には、八人の人物が前後に別れて腰を下ろした。

「由旬」

　刹那に名を呼ばれ、由旬が席を立った。そして、その場にいた自分を除く七人を玲に紹介し始めた。

　やや年長の、先ほど鞘を試した柿色の袍の男を橙州公我尺、その隣の玲の祖母ほどの年配の女性を蒼州の慈《じ》雨《う》、刹那や由旬と同じくらい若いもう一人の男を緋州の祥羽と紹介した。

　後ろに控えるのはそれぞれの晶玉だ。公子と同じ色合いの、どこか華やかな天女のような衣装を身に着けている。半臂《はんぴ》という着物に似ていた。由希が言っていたとおり、どの晶玉も美しい容姿をしていた。

　翠には公子がいない、と由旬が短く告げた時、室内は水を打ったようにしんと静まり返った。

　我尺と紹介された柿色の公子が、訝《いぶか》しげに口を開く。

「主上が鞘を得られたことは喜ばしい。ですが…、いったいなぜ、鞘は今頃現れたのでしょう。華玉殿は、今までどこにおられたのでしょうか。翠玉ならば、翠州か玉州に生まれるはず。そのような異国の装束を身に着けておいでなのはどういうわけか、できればご本人からお聞きしたい」

　我尺の視線が玲に向けられると、他の者たちも玲を見た。刹那だけは、表情のない顔を正面に向けたままだ。

「あなたはどこから来たのです」

「日本の、鬼玉村です…」

　緊張で声が震えた。

「それはいったいどこですか」

「どこ…？」

　ただ日本という国にある小さな村だとしか言えない。近畿地方の県の名を言い、その北部に位置する村だと言っても頷く者はいなかった。

　玲がこの国へ来て、州、郷と聞かされても理解できなかったように、この国の人たちには日本という国がわからないのだ。

　どんな文化を持ち、どんな暮らしをしているのか、地形も歴史も何もかも、この国の人にとって日本は未知の国、異界なのだから。

蒼の公主――女性なので、公子ではなく公主と呼ぶ――慈雨が、何かを思い出したように口を開いた。

「日本というのは、和国のことではないかしら」

「和国…？　あの呪術師の国か」

「なぜ、そんな場所に…？」

我尺の目が眇められる。

「本当に、あなたは華玉か」

室内に戸惑う気配が満ち始めるが、それを遮るように刹那が強く床を蹴った。

「もういい。鞘は見つかった。陽！　これを屋敷に連れて行け。そのおかしな着物を脱がせて、華玉に相応しく、美しく着飾らせろ」

視線さえ向けずに命じた刹那の言葉で、玲は陽に連れられて大広間を出された。疑惑と迷いを乗せた多くの気配が、霧のようにまとわりついてくる。

部屋を出て長い廊下を進み始めると、胸の奥に悲しみが芽生えているのに気付いた。

王が待っていると、探していたと、何度か聞かされた。

それが自分に向けられる言葉ではないと知っていたつもりだった。けれど…。

手にした鞘だけを取り上げられ、追い払うように部屋を出された。これではまるで、道具と一緒だ。

そのことを思うと、わかっていたつもりでも心は痛んだ。

（日本に、帰りたい…）

帰れないと言われても、方法が見つからなくても、今はただ、帰りたかった。

しばらく行くと、背後の広間からカンと何かが落ちる音が響いた。同時に悲鳴ともため息ともつかない奇妙な声が重なる。

「どういうことだっ！」

刹那の怒鳴り声が聞こえる。

「陽…っ！　そいつを連れて、すぐに戻れ！」

陽の手で部屋に連れ戻されると、入り口からすぐの床に鞘が落ちていた。黄金の細工が消え、結ばれた玉は緑色に戻っている。

本能的に手が伸びて鞘を拾い上げていた。大事なものなのだと胸に呟き、それを抱く。

首を傾げて我尺が言った。

「やはり、何かがおかしい…。和国と同じ国の者だと言ったな。怪しい術でも使ったのではあるまいな…」

周囲から向けられる疑念をどうすることもできずに俯いていると、それを和らげるように、蒼の公主慈雨が穏やかに口を開いた。

「和国は決して悪い呪術師ではありませんでしたよ。剣と鞘というものは、ともに過ごすうちに信頼が増すものです。だからこそ幼いうちから公子と晶玉は一緒に育てられる。長い間離れていたので、鞘がまだ馴染まないだけなのでは？」

由旬が差し出した布に包み、どこか恐れるように剣を持った刹那が、それを慎重に剣台に戻した。

背を向けたまま、刹那が玲に低く告げる。

「…いいかげんにしろよ」

怒りの滲《にじ》む声音に、抱えた鞘ごと玲は身を強張らせた。

振り返った刹那が玲を見下ろした。真正面から見据えてくる瞳は、赤みを増して燃えるように光っている。

「さんざん探しても見つからず、今頃現れたかと思えば、どことも知れぬ場所にいたと言う。その上こんな不完全な鞘があるか！」

激しい怒りが玲を貫き、あたりの空気を震わせる。

「この役立たずが！　今すぐ俺の目の前から、その無能な鞘を持って消え失せろ！」

あまりの言い様に、玲の目の前で一瞬全てが色と形を失くした。強い悲しみにのみ込まれ、呼吸をすることさえ苦しくなる。

崩れかけた身体を庇《かば》って、陽が腕を引く。そのまま何も言わず、陽に連れられ再び部屋を後にした。

竦み上がった家臣たちが無言で道を開ける。

誰もが玲から目を逸らし、疑惑の視線さえ向ける者はなかった。

どこをどう歩いたのかもわからないまま内宮を出て、隣接する屋敷に入る。

外宮に連なる六つの区画は、五つは各州の公子のもので、残る一つが王のための私邸だった。


何かを期待して、この場所へ来たわけではなかった。

わけもわからず流れ着いた見知らぬ土地で、そこからさらに、自分の意思を持たないまま連れて来られたのが、ここなのだ。

望んだわけでも、何かに抗《あらが》ったわけでもなく、ただ流されるように辿り着いた。

それでも心のどこかで、何か縋《すが》るものが欲しかったのだろう。

王はずっと探していたのだと、鞘と、鞘を持つ者である晶玉を待っていたのだと聞かされ、それが自分ではないと知りながらも、その言葉に縋ろうとしていた。

ここへ来た意味があるのなら、それを見つけたいと心のどこかで願っていたのだ。

そのわずかな道筋を失っただけでなく、消えろと、いなくなってしまえと言われて、この先玲はどうすればいいのかわからなくなった。

涙は出ない。泣くことに、玲は慣れていなかった。ただ、歪んでしまう顔を隠して両手で覆った。

泣きたかった。

離れてしまった妹、珠里のように大声で泣いて、乾いて傷ついた心に水を与えたかった。

「主上は、決してひどい方ではないのですよ」

屋敷の奥の広い部屋に案内すると、陽はどこか宥めるように言った。

内宮と異なり、くつろぐことを重視した私邸は美しい調度で設《しつら》えられ、障子の先には池を配した庭も見える。けれど今は、その造りを愛《め》でる余裕が玲にはなかった。

空気を入れ替えてしまうと、低い気温を気遣って陽は障子を閉めた。床下には温水が流れ、炉の焚かれた室内は暖かかった。延の小さな家のように寒くはないのに、玲の身体はいつまでも震えていた。

磨き抜かれた板間には厚い敷物が敷かれ、螺鈿《らでん》が施された光沢のある卓子《たくし》が一台と椅子が二脚置かれていた。奥の一段高くなった場所は畳敷きで、八畳ほどあるその場所全体が御簾で仕切られている。

板戸の先に別の小部屋があり、そこで身支度を整えられるようになっており、さらにその先には、石と桧《ひのき》で設えた湯殿、蔀戸《しとみど》を開ければ露天の湯まで整えられているのがわかった。

おそらくこの国では、どこよりも贅沢な空間だ。

着替えさせろと命じられた玲を、陽はいったん主室に戻し、椅子に座らせた。女官の手で茶が注がれ、螺鈿の卓子に置かれる。

「どうぞお召し上がりください。お口に合うといいのですが…」

細い吐息を吐いて、玲は顔を覆う手を離した。

「翠茶です。和国の製法に似ていると聞きます」

陽に勧められるまま茶碗《ちゃわん》を口に運ぶと、似ていると言うとおり、味も香りも緑茶そのものだった。ほっとして、玲の肩から力が抜ける。

陽の他に女官が二人控えていて、一人だけ腰を下ろしているのが落ち着かなかったが、翠茶は玲の心と身体を温めた。

「ここは、王のお部屋なんですか？」

「主上と、華玉様のためのお部屋です」

贅沢なはずだと思い、深く考えずに頷いた。

玲の気持ちが少し落ち着くと、陽は改めて身支度のための小部屋に案内した。小姓の手が服に掛けられるが、玲は慌ててそれを断る。

「あ、あの…、自分で着替えます」

陽は特に何も言わずに小姓を下がらせ、自分も小部屋を出て行った。

並べられた着物を見て、豪華さにため息が出た。

滑らかな絹に手の込んだ刺繍を施した衣装は、とても高価なものだ。役に立たないと言われ、目の前から消えてしまえと言われた玲が、袖を通していいものかと躊躇《ためら》われた。

けれど、王が命じた以上、玲がこれを着なければ、咎《とが》められるのは陽や女官かもしれない。

こちらに来て以来、一度も着替えていない服を脱ぎ、水盆から流れ落ちる水に布を浸して身体を拭いた。湯殿があるのはわかっていたが、勝手に使うわけにもいかない。

色とりどりの薄絹を、大広間で見た晶玉たちを思い出しながら身に着けた。贅沢な衣装は軽く柔らかく、それでいてしっとりと身体に馴染み、見た目よりもずっと暖かかった。

複雑なものではなかったが、正しく着られているのかはわからない。

「陽さん、これで大丈夫でしょうか」

戸を開けて元の部屋に戻ると、陽を初め、女官や小姓がぽかんとした表情で玲を見つめた。

やはりどこかおかしいのだろうか。

不安になって俯いた玲の耳に、吐息が重なり合って届いた。

「…美しい方だとは思っていましたが、ここまでお似合いになるとは」

陽が呟くと、女官たちも一様に頬を染めて、それに続く言葉を述べた。

「晶玉様は皆様お綺麗な方ばかりですが、華玉様ともなるとやはり別格でございますね」

「このような美しい方にお仕えできて、私共も誇りに思います」

小姓に呼ばれて、別の女官たちや侍従たちまでもがやって来る。玲の姿を目にすると、感嘆の声を上げて互いに何か囁き合い、やや身分が上らしい者たちは、直接玲に「お似合いです」と告げて頬を上気させた。

玲の中に残る迷いとは裏腹に、その場に集まった全ての人が玲を華玉として見ている。

けれど、王は認めないだろう。鞘は役に立たなかったのだから…。

最初に命じられた言葉に従い、陽は玲を着替えさせたが、鞘の状態を思えば、こうしていることが正しいのかどうかもわからなかった。

いつの間にか日が傾き、障子越しの明かりが乏しくなると、庭の燈籠《とうろう》に灯《ひ》が入り、室内には高燈台が灯《とも》された。

御簾の奥にきちんと綿の詰まった布団が二組並べて敷かれるのを目にして、玲の心はざわめいた。

ここは王と華玉のための部屋だと、陽は言った。玲を華玉だと言うのなら、あの王と…、刹那と玲は、同じ部屋で眠るのだろうか。

疎まれ嫌われ、消えてしまえと言われたまま、この場に留まることがいたたまれない。

「陽さん、あの…、他に、部屋はないのですか」

小さな部屋でいいのだ。このように立派でなくとも…、延の家のように、他の者と一緒でも構わないから、ここではないどこかに、王の目の届かない場所に隠れてしまいたかった。

けれど陽は、何度目かの穏やかだが揺るぎのない口調で、玲に告げた。

「あなたが休むのは、主上と同じこのお部屋と決まっています」

陽の背後で、女官たちが気の毒そうに視線を伏せたが、陽は慰めるように続けた。

「ご心配なさらずとも、主上はご無体を働く方ではございません。ただ…、あなたは少し魅力的過ぎますから、主上のお望みになるのがどのようなご関係になるかは、なんとも言えませんが…」

その言葉に、晶玉であること以外にも何か関係を強いられるのかと不安になった。

陽を見るが、なぜか目を逸らし、それ以上は何も言ってくれない。

刹那の戻りはいつになるかわからないからと、先に夕餉を取らされた。分《ぶ》づき米と汁椀、干した魚などが並ぶ。延の家でふるまわれた大根や雑穀を加えた粥と炒り豆だけの食事とは、ずいぶん違った。

空腹なはずなのに箸《はし》が止まる。一人座って、陽や女官たちに囲まれているのも落ち着かなかった。

陽はただ、慣れてもらわねばならないと言うだけだった。

「あなたは華玉なのですから」

穏やかな笑みを浮かべているが、玲に選択権を与えることはない。華玉の第一の侍従である陽は、教育係も兼ねているのだろう。必要なことは教えると言い、わからないことがあれば聞くように言った。

「それから、私のことは、ただ『陽』とだけお呼びください」

陽の身分は侍従としては高かったが、華玉から敬称を付けて呼ばれることは、あまり好ましくないのだと言う。そうして、玲は少しずつ「華玉」という立場に慣らされていった。

「広間での一件は、捕らえられて罰を受けてもおかしくないものでしたよ。びっくりしました」

食事を下げて翠茶が出される頃、ややくつろいだ雰囲気の中で、内宮から同行してきた女官が言葉を零した。陽は内宮という「表」、つまり政治の場で王に意見できる身分ではないのだ。

「…どうして、鞘を確かめさせたんですか？」

玲の質問に、陽は淡々と答えた。

「国の民の義務だと思ったからです。鞘を探し、待ちわびていたのは主上だけではございません。今、あなたを見過ごしてしまえば、この国はあの方を玉座から失ってしまいます」

「玉座から…？　あの方は、恐ろしい王様ではないのですか。国中の人から恐れられていると、里で聞きました」

誰もが斃れてしまえと願っていると、延は言っていた。

悪意のない、親切で優しい延が…。

「恐ろしい王かどうか、それは…、華玉様ご自身でご判断なさってください」

馬車の中と同じ、穏やかな厳しさで陽は言う。そしてまた、言葉の強さと裏腹に柔らかい笑みを浮かべるのだった。

「主上は、誰よりもあなたをお待ちになっていたはずです」

目の前から消えろと言われた玲には、陽の言葉は空《むな》しく聞こえる。

けれど、

「あなたは華玉なのですから」

と繰り返されると、この地に流され身の置き所のない玲の心は、その立場が持つ意味を知ろうと動き始めた。

外の燈籠の灯も落ちてしまうと、陽や女官は下がって行った。

白く薄い夜着の上に絹の着物を羽織って、玲は一人御簾の中に座っていた。先に休んで構わないと陽は言ったが、本当にこの場所にいていいのかどうか玲には判断がつかず、出て行けと言われれば出て行くしかないのだと思いながら、王の戻りを待ってみることにした。

半臂を着た玲の姿を刹那に見せられなかったことを、陽や女官は残念がった。明日の朝を楽しみにしましょうと言ったが、玲には刹那が喜ぶとは思えず、暗赤色の瞳を思い浮かべれば心は小さく凍えた。

落ち着かない気分の中、枕元に畳んだダウンを何気なく抱き寄せる。寒くはなかったが、日本につながるものが恋しかったのだ。

ふと手に硬い感触を覚えてポケットを探ると、出かける時にそこに入れておいたスマートフォンが見つかった。

混乱のあまり、その存在をすっかり忘れていたが、もし使えるのだとしたら、せめて無事であることを家族に伝えたい。

かすかな期待とともにボタンを押すが、表示された圏外の文字に、わかっていても落胆した。

かなり田舎《いなか》である鬼玉村にも、今ではどの通信会社の電波も届いていた。この小さな機械は途上国や新興国でも急速に普及し、それらの国の未来を担っていると聞くのに…。

それがつながらない。

ここは紛《まぎ》れもなく異界なのだ。それも夢ではなく、正真正銘の現実。

細いため息が零れた。

スマートフォン一つでも、何かの時には命綱になるような気がしていたが、それも使えないのだと思うと、何をどうしたらいいのか、本当にわからなくなってしまった。

正月に撮った家族写真を表示して眺め、心配しているだろうかと考えたら胸が締め付けられた。

(どうすれば、帰れる…?)

誰にともなく心の中で問いかけるが、返される答えはない。俯いて唇を噛《か》みしめた。

泣けない。

泣いてしまえば心が折れる。

泣いてもどうにもならないのなら、まっすぐ顔を上げていよう。

今はこの場所で、何ができるか考えるしかない。なんとしてでも帰る方法を探すしかないのだ。

薄く四角い機械をダウンのポケットに戻す時、いつか役に立つかもしれないと期待を込めて、主電源を落とした。

その時、怒りに満ちた瞳が瞼に浮かんだ。

鬼の王と恐れられ、人々に憎まれている男は、実際に鋭い覇気を発する恐ろしい王だった。

恐ろしくて、美しい。

流れる銀の髪、彫像のように完璧な姿、憎しみを湛えた赤みを帯びた鋭い瞳…。

王の怒りを前に、臣下の誰もが身を固くしていた。混乱していた玲にもはっきりと伝わるほど、その恐怖は明らかだった。


二晩泊めてもらった延の家では、板間に藁を敷き薄い上掛け一枚で眠ったが、慣れない身体には寒さと床の硬さは思いのほか辛く、玲はあまりよく眠ることができなかった。

それとは比べようもない柔らかな布団に包まれると、不安と疲労から、玲は吸い込まれるように深い眠りに落ちていた。

御簾が揺れ、燈盞《とうさん》の中で油を含んだ点燈心がジッと小さな音を立てた。

視線を感じて、玲は睫毛をゆっくりと上げた。

瞬《まばた》きする先で、感情の読めない静かな目が玲を見下ろしていた。

「…主上？」

呼び方がわからず、陽を真似《まね》て呼んでみた。

「刹那でいい」

素っ気なく返した後、ふん、と軽く鼻を鳴らした刹那がかすかに口の端を上げるのを、玲はぼんやりと見ていた。

「さすがは華玉だな。少しまともな格好をすればなかなか美しい。そのおかしな短い髪もおまえには似合っている」

玲の髪は日本では標準的な長さだが、この国の人の髪と比べたら、おかしいほど短いのだろう。

何か考え込んでいるような刹那の手が、ふいに伸びて来て玲の鎖骨に触れた。そのまま着物の襟《えり》を開く仕草に変わり、玲は慌ててそれを遮った。

「な、何を…するんですか」

「何を…？　決まっている。おまえを俺のものにするのだ」

見下ろした刹那が身をかがめ、玲の喉元に唇で触れた。咄嗟に身体が慄《おのの》いて、頬がカッと熱くなる。

薄絹を整えている帯を解かれそうになって、覆い被さる身体を強く押し退けた。

混乱しながら、陽の言葉を思い出す。「関係」とは、まさかこのことなのだろうか。

玲はそのまま身体を捩《よじ》って褥《しとね》の外に逃げようとしたが、

「逃げるな」

鋭く命じられ、腕を摑まれて引き戻される。

「逃げるな。おまえは俺の晶玉、華玉だ」

「華玉…」

それをこの王は認めるということだろうか。だとしても…。

「そ…れが、なんなんですか？」

玲の問いに答える代りに、刹那はどこか乱暴に着物を乱して肌に触れた。小さく尖った胸の飾りを指で撫でられると、身体の奥に鋭い刺激が生まれる。

「……あっ！」

鼓動が胸を叩《たた》き、息が乱れた。

「やはり敏感だな。華玉の身体は…」

「やめ…て、ください…！　どうして、こんな…」

「おまえが俺の晶玉だからだ。晶玉と公子は唯一無二の家族だ。兄弟や姉妹、あるいは親子、夫婦の情を交わす。どんな関係にせよ比翼連理《ひよくれんり》と同様の強い絆《きずな》を持つ」

「だ、だから…？」

苛立ちを含む視線に見据えられるが、刹那が取る行動と、その苛立ちの意味とが理解できず、玲は激しく混乱していた。

「だから、おまえを抱く」

「でも、僕は男です」

「始王の時代から同性の晶玉は多い。晶玉に美しい者が多いのはなぜかわかるか。公子は晶玉を愛でるからだ。そうすることで、剣の力を存分に使うことができる」

「剣の、力…？」

「支配する力だ。鞘を得ることで、それを最大限に引き出せる。わかったら大人しく俺のものになれ」

力ずくで抱き寄せられれば、骨格から違う刹那に敵う玲ではなかった。それでも帯を解かれて着物の袷《あわせ》を開かれながら、懸命に大きな身体の下から逃れようともがいた。

「逃げるな。なぜ、逃げる」

「そんなの…、当たり前じゃないですか」

声が震えていた。無理やり開かれた袷の下で心臓が大きく鼓動を鳴らしていた。力で蹂躙《じゅうりん》され、自由を奪われていることに、恐怖とともに悔しさと怒りが生まれ、激しい眩暈《めまい》がした。

「震えているのか。おまえも俺が恐ろしいか」

「こんなことされたら、誰だって…」

「恐ろしいか。鬼に似たこの姿が怖いのか」

きつく手首を掴まれて身動きが取れなくなる。

鬼がなんだと言うのだろう。混乱した頭では刹那の苛立ちの意味が汲み取れず、玲はただ必死に抵抗し、掴まれた手首を引き抜こうとした。

力で身体を好きにされて、それを受け入れること

などできるはずがない。

「嫌です！　離して…」

「鬼に変わりかけた男に抱かれるのは、それほど嫌か！」

「嫌です。嫌……」

ふいに刹那の力が緩む。食い込んだ指の形のまま手首に赤い痣《あざ》が残っていた。

摑まれていた腕を解いて、玲は御簾の外へ駆け出した。着物の袷を掻《か》き合わせて敷物の上に蹲る。

早鐘のような心臓を抱えて息を吐いていると、どこからか陽が現れて玲の前に膝を着いた。

「どうされました…？」

見ればわかりそうなものだ。

だが、陽は静かに玲の顔を覗き込み、玲にだけ聞こえるかすかな声で「あなたまで王から離れてはいけません」と囁いた。

目を上げると、どこか悲しげなそばかす顔が困ったように微笑んでいた。その視線が御簾の内側に向けられる。

促すような仕草に、玲もそちらに目を向けた。

薄く透ける御簾の向こうの影が、泣いているように見えた。あの恐ろしく強い覇気を持つ王が泣くはずなどないと思うのに、動かないその背中に漂う悲しみが空気を伝わって玲に届く。

どうしてか、自分はここにいるべきなのだと思った。今目の前にある男の孤独から目を逸らしてはならないのだと思った。

「あなたは華玉、王の鞘なのです」

華玉…。

それは、他でもない刹那が口にした玲の身分だった。

この地で鞘を手にする者に与えられた身分であり、

たとえ役に立たない鞘であっても、その身分を受け入れろと言わているのだ。

出て行けと言われれば出て行くしかないと覚悟を決めていた玲に、陽は、そして刹那自身が、王の鞘となりこの場に留まれと言う。

どの道、玲には他に行く所もなかった。

さあ、と差し出された手を見つめ、それには頼らず自分の足でゆっくりと立ち上がった。

もう一度、陽が聞く。

「どうされました」

「なんでも…ありません」

答えて、玲は御簾の内側へと戻って行った。

銀の髪を抱えるように蹲っていた刹那が、玲の気配にわずかに肩を揺らした。

「なぜ戻ってきた」

「…わかりません」

「怖くないのか」

「怖いです」

並べて敷かれた夜具の一方に座り込むと、刹那の瞳が向けられる。

かすかに赤みを帯びた宝石のような瞳。その瞳をまっすぐに見て、玲は言った。

「あなたが怖いのではありません。僕を…、鞘だと言って、もののように扱いました。それが怖かっただけです」

彫像のような顔の中で、瞳が何か問いたげに揺れている。

「僕にも心があります。それを無視してあんなことされたら、怖いです。だから、もうしないでください…。そうしたら、怖がりません。日本に帰れるまで、ここにいろと言うならいます」

それだけ訴えて、おやすみなさいと頭を下げた。

息を詰めて褥に滑り込み、背を向けたまま男の気配を探った。

しばらくして、それ以上刹那が触れてこないことを知り、そっと息を吐き出す。

なぜ陽の言葉に従ったのか、なぜ肩を落とした王の背中を放っておけなかったのか、その孤独から目を逸らせなかったのか、玲にはわからない。

それでも、わからなくていいと思った。出て行けと言うのなら出て行くしかない。逃げるなと言うのなら逃げずにここにいようと覚悟を決めた。

どこへ向かうとも知れない運命に投げ出された玲には、身分や立場を選ぶことはできない。従い、そして、生き延びるしかない。

瞼を閉じていると睡魔は自然にやってきた。眠ることができるのならまだ大丈夫だと考える。

生きて日本に、鬼玉村に帰る。


そうして眠りに落ちた時、あの声を聞いた。

――鬼の王。刹那は鬼だ。人を苦しめる恐ろしい鬼だ…。

銀の髪。赤い瞳…。額には二本の黒い角がある。恐ろしく美しい、鬼の王が夢の中に立つ。

昨晩も聞いた、あの声とともに。

――鬼だ…。


嫌な夢のせいで、目覚めた時は頭がぼんやりしていた。

玲の身の回りの世話は陽を中心に、数人の女官と小姓が行うことになっている。慣れろと言われたが、玲はそれらを丁重に断り自分で身支度を整えた。

淡い色合いの薄い絹の半臂は昨日とは別のものだ

ったが、同じように美しくしっとりと身体に馴染んだ。前日同様、陽や女官に褒められて、ここでも自分の立場を受け入れるしかないような気持ちになる。

着替えのための控えの間は、玲と刹那、それぞれに用意されていたが、身支度が済んで表の間に戻ると、刹那の控えの間から何か話し声が聞こえてきた。

「も、申し訳…ございません…」

今にも泣きそうな少年の声だった。分かれている以上、控えの間は刹那個人の空間なのだろう。勝手に覗くことはおそらく礼儀に反する。

だが、もう一度同じ言葉が聞こえてくると、玲は陽に目で問いかけてから、そっと板戸の前に進んだ。

中の様子を伺った陽が「ああ…」と小さく、何かを納得したように呟いた。

視線を向けると、陽は短く答えた。

「新しい小姓です」

そして、困ったように言い足した。

「主上のお小姓は、よく変わるのです」

あまり長く務められる者がなく、暇を取る者があるたびに新しい小姓に変わるのだという。

遠慮しつつも中を覗くと、玲とさほど変わらない年頃の小柄な少年が、刹那の髪を梳《す》く手を止め身体を震わせていた。

「時間がない。急げ」

「…はい。申し訳…」

三度、同じ言葉を口にしながら、少年の手は止まったままだ。青ざめた顔で、目には涙を浮かべている。

恐ろしいのだろうかと、玲は思った。刹那の銀の髪が、触れることもできないほど怖いのだろうかと。

「もういい」

長い髪を乱したまま、刹那が立ち上がる。

「お、お許しを…」

「下がれ」

射るように見下ろされて、少年は震えながらその場にひれ伏した。

「ど、どうか…」

戸口の玲に気付くと、刹那は半臂を着た姿に少しの間、気を取られたように視線を止めていたが、すぐにその目は不機嫌に眇められた。

「何を見ている」

鋭く問われて、慌てて玲もその場から立ち去りかけた。だが、胸元に落ちる自分の髪を苛立ちの滲む仕草で払う刹那の、瞳を掠《かす》めたやるせない光を目にした瞬間、玲の足は止まった。その悲しい光を玲は知っていたからだ。胸の奥がしんと痛んだ。

憎むことも受け入れることもできず、愛したいのに愛せない、自分の身の一部を見つめる悲しみ。人に疎まれて、自分の髪を切ってしまった双子の妹の姿が脳裏によみがえった。

小学校の何年生くらいだったか、女の子たちの間で互いの髪を梳いたり結ったりするのが流行《はや》ったことがあった。その時、珠里の少し癖のある栗色の髪には、誰も触れようとしなかった。

薄茶の瞳を少女たちに向け、黙って立っている珠里の背中に、玲は声をかけた。

『珠里の髪、僕がやってあげる』

透き通るようにキラキラした茶色の髪を玲は梳いた。自分の髪も同じだと気付かないまま、綺麗だと思っていた。

けれど結局、珠里は髪を切ってしまった。

『玲のこと、妹の髪の毛いじるなんて女みたいって言われた』

悔しさに泣きながら自分の髪を切り落とした妹の

姿を、玲は一生忘れないだろう。

「用がないなら向こうへ行け。それとも、俺が鬼になるのを待っているのか」

どういう意味かと瞳を向ける。

「鬼ならば、鬼門を開くことができる。おまえはどうせ、和国に帰りたいんだろう」

「…帰れるのですか？」

玲の小声の問いかけに、刹那は皮肉な笑みを浮かべて言った。

「和国には昔から、鬼門でつながったこの国の飛び地がある。鬼の時代に造られた鬼玉の一部だ」

鬼は時おり鬼門を開いて和国に渡り、足りなくなった食料や道具、時には人までも奪って鬼玉に持ち帰っていた。労働力として鬼玉から駆り出され、和国に住まわされた者もいたという。

故郷に残る鬼伝説と、その話はどこか似ていた。世界のこちら側と向こう側で語られる、同じ物語のように聞こえる。

「どうしたら、和国に帰れるんでしょうか」

「鬼門を開けることができるのは鬼だけだ。人の手で開くことはできぬ」

鬼のいない今、その場所につながる門を開くには刹那が鬼になるのを待てばいいという。

「どうだ。帰りたいだろう」

嘲《あざけ》るように言われて視線を落とした。確かに日本へは帰りたいし、帰る方法があるのなら、それに頼りたい。けれど…。

小姓の手から落とされた櫛《くし》が目に入り、玲は俯いたまま一歩進み出て、それを拾った。

「控えの間に踏み入るとは大胆だな」

褥を並べていても、それは大胆な行動なのだろうかと、どこかでおかしく思いながら刹那に近付いた。

「座ってください」

背の高い男を見上げて、怖々と請う。胸の鼓動はいくらか速かったが、恐ろしくはなかった。

訝るように玲を見下ろしていた刹那は、その手に櫛があるのを見て取ると、ふんと鼻を鳴らして座に腰を下ろした。

玲は刹那の髪を一房、手に取った。

つややかで張りのある美しい髪だった。この髪がかつて漆黒だったのなら、さぞ見栄えがしたことだろう。だが、今、その髪は不自然なほど白く輝く銀色だ。障子越しの淡い光に、氷のように冷たくきらめいている。

慣れた所作で髪を梳く玲に、愛想のない調子で刹那が聞く。

「どこで覚えた。自分の髪はそのように短いくせに」

「妹の髪を結ったことがあります」

そうか、と短く答えが返った。

組み紐で髪を括り終えると、袍を揺らして刹那は立ち上がった。

「明日からおまえが結え」

そのまま表の間に向かいかけた刹那だが、ふと、何かを考え込む仕草で足を止める。

「名を、聞いていない。華玉」

「ここでは、そう呼ばれるのではないのですか」

「華玉は号だ。俺を王、あるいは主上と呼ぶように、臣下はおまえを華玉と呼ぶだろう。おまえの名を呼ぶことができるのは、おまえが許した者だけだからな。だが…」

王はどこか憮然として言った。

「俺には名を呼ぶ権利がある」

玲は何も、自分の名を隠していたわけでも、呼ばれることを拒んだわけでもない。聞かれなかったので教えなかっただけだ。

「玲です」

この国に姓がないことは木春菊村で知った。玲は名だけを告げた。

刹那はただ頷いただけで、控えの間を出て行った。

その背中に玲は静かに告げた。

「鬼門を開けるために、あなたに鬼になって欲しいとは思いません。あなたも、この国の誰も、それを望まないことは知っています」

そうまでして、自分の望みを叶《かな》えようとは思わないし、思いたくなかった。

他にもきっと方法があるはずだ。それを探そうと思ったが、言い終わる前に、控えの間から大きな背中は消えていた。

どこか面白そうな陽の視線に軽くため息を吐き、玲も控えの間を後にした。

朝餉の後、鞘を持って付いてくるように言われ、従者を持たない刹那の後を、陽を伴って歩いた。

内宮と隣り合っているとはいえ敷地は広く、屋敷を出る頃には、慣れない草履を履いた足が痛くなってきた。気を紛らわすように鞘に結んだ宝玉を見つめると、まだ淡い二月の朝日に翡翠に似た緑色の玉がキラキラと光った。

鞘は剣に見合う大きさを留めていたが、細工と結ばれた玉の色は元に戻ってしまっていた。

役に立たなかった鞘を抱えて刹那の後を歩いてゆく。黙ったまま先を行く刹那が、何を考えているのかはわからない。

刹那と玲が内宮に着く頃、前後して公子たちも姿を現した。

半臂をまとった玲の姿を、警備の兵や官吏が驚いたように見つめていたが、由旬と、その晶玉の律《りつ》という少年は、手放しで褒めてくれた。

「とてもお似合いです」

「さすがは華玉だな。とても綺麗だ…」

屈託のない律の笑顔が、玲の心を柔らかくほぐした。まっすぐな黒髪と大きく切れ長の黒い瞳を持つ律は、とても綺麗な少年で、年は玲とそれほど変わらないように見える。

柿色の公子、我尺は、玲の姿を目にすると怪訝そうな表情を見せた。

「鞘をお持ちになったのですか…？」

役に立たないとわかっているのにとでも言いたげだ。我尺が向ける視線もどこか懐疑的《かいぎてき》で、玲は居心地悪く視線を下げたが、隣に立つ刹那は素っ気なく返した。

「一度は剣を収めた。由旬の杖が探し当てたのなら、本物なのだろう」


玲は顔を上げて刹那を見た。硬質な線を描く横顔からは何も読み取ることはできなかったが、刹那は確かに今、鞘を本物だと言ったのだ。

由旬の杖は先代の国王の命を受けたまま、刹那の晶玉を探し続けていた。木春菊村から郷の役場に知らせが届く頃、時を前後して杖も反応したのである。

「確かに杖が探し出したのかもしれませんが…。しかし、なぜ一度剣を収めた鞘が、今はそのように元の姿に戻っているのでしょう」

我尺の問いには答えず、刹那は黙って大広間に足を向けた。

広間に入ると、そのまま御簾の奥まで玲を伴って進んでゆく。

御簾は上げられていたが、その内側に進むことが許されるのは刹那と玲だけで、他の者たちは、結界に阻まれたようにその場で足を止めた。

公子と晶玉、家臣たちが見守る中、刹那が差し出した手に玲は鞘を預けた。

刹那は無造作に剣を持ち、なんでもないようにすっとそれを鞘に収めた。光を放ちながら、鞘は姿を変える。黄金の細工が浮かび上がり、結んだ緑の晶玉は色のない透明な玉に変わった。

ざわりと空気が揺れた。

「…どういう、ことですかな？」

「俺にもわからん。試しただけだ」

答えた刹那は、表情のない顔を広間の奥の壁に向けた。それから、外に続く廊下を目で追い、角のあたりを睨んで何か考えている。

剣を収めた鞘を見ても、人々の顔には不安の色が浮かんでいた。いつまた元に戻って、鞘が剣から抜け落ちてしまわないかとじっと見守っているようだった。


「…少し、俺から離れてみろ」

ふいに呟かれた言葉の意味がのみ込めず、玲は刹那の顔を見上げた。

「間合いを取れと言っている。とりあえず、部屋の奥まで行ってみろ」

言われるまま、十間先の壁際まで移動した。刹那の意図を測りかねて、公子たちも臣下も玲の姿を黙って目で追う。

「次は廊下に出て進め。そのまま北殿に渡る角の先まで行ってみろ」

徐々に距離を延ばし、柱の並ぶ廊下を進んだ。数間先の角を曲がり、大広間からはさらに十間ほど離れた場所に来た時、背後に鞘の落ちる音が聞こえた。

陽に促され急いで戻ると、鞘は翠玉の鞘に戻って床に落ちていた。

「どういうことだ…？」

由旬が顔を曇らせて聞く。

刹那が鞘を拾い上げ剣を当てると、鞘は何事もなかったかのように姿を変えて剣を収めた。

誰もが困惑の表情を浮かべた。

「もう一度部屋の一番奥まで行け」

剣を腰に着け、刹那が玲に指示する。言われたとおりに玲は大広間の端まで移動した。

警備の兵が角に立っていた。その前まで玲が進むと、刹那が兵に命じた。

「そいつを切れ」

「え……」

皆が一斉に刹那を見るが、刹那はもう一度、短く言っただけだ。

「切れ」

「ぎょ、御意…」

なぜ…と思う間もなく、わずか数歩のところに控えていた兵士が剣を抜いた。驚きと困惑の表情は、すぐに偽の華玉を打ち取る意志を湛えたものに変わってゆく。

突然襲いかかった恐怖に、玲は逃げることも忘れてその場に立ち尽くしていた。

朝日を弾いてギラリと刃が光っていた。その刃が振り下ろされるのを、玲の目はコマ送りの絵を追うように一枚一枚見ていた。

切られる…。

最後のコマが落ちる瞬間、銀の閃光がその刃を弾いた。

風が吹き抜け、カツン、と音を立てて、広間の中央に兵士の剣が突き刺さった。

しんと静まり返った部屋に、刹那の低い声が流れる。

「間合いだ…」

何を言っているのか玲には理解できなかった。

耳鳴りのような金属音が頭の中に鳴っていて、音がよく聞き取れない。その恐慌状態から抜け出して、最初に感じた音らしい音は、耳の奥にドクドクと響く自分の心臓が体内に血を送る音だ。

(い、生きてる…?)

膝が震え、その場に崩れた。

「間合い? 間合いがどうしたんだ」

由旬の問いに刹那は淡々と答える。

「おそらく、俺の剣が届く範囲にそいつがいれば、鞘は安定する。なぜかはわからん」

「間合い…」

廊下の先に視線を向けて、由旬が呟く。

「確かに、おまえならあの距離でも…殺気を感じてから剣を躱《かわ》すことができるか」

十五間から二十間、三十メートル前後の距離があっても、刹那は相手の剣を弾くことができるらしい。

剣豪揃《ぞろ》いの公子たちの中でも刹那のその力量は桁違いなようだった。

恐ろしいな…と、祥羽と視線を交わして由旬が苦笑している。

納得したように頷く由旬と祥羽、何事もなかったかのように平静な様子で剣を鞘に収める刹那を、玲は釈然としない気持ちで見つめた。

身体の内側に怒りに似た思いが沸き上がる。

「何を、するんですか。こんな…、人の命を、弄《もてあそ》ぶような真似…」

「別に弄んだつもりはない」

鋭い目を向け、刹那が言い放つ。

「でも…」

「剣を抜くのは久しぶりだ。おそらく間合いだろうとは思ったが、実践的に試して感覚を確かめたかった。距離には余裕を取ったつもりだ」

確かに、廊下の角を曲がった先がその境ならば、十間先の大広間の端など半分だ。それでも、何も知らされないまま恐ろしい思いをさせられたことには、納得がいかなかった。

「おまえに覚えさせるためだ。俺の間合いから離れるな。いいな」

「覚えさせるため…」

ならば、確かにその効果はあっただろう。間合いの距離は、玲の中に恐怖とともに植え付けられた。

意図が全くわからないとは言わない。だが、素直に頷くこともできなかった。

赤みを強めた瞳を睨むように見つめ、玲は努めてはっきりと王に告げた。

「僕は…、ここに留まるつもりはありません。方法を見つけて、日本に帰ります」

周囲がざわめき、刹那の氷のように冷たい視線が玲に向けられる。

「今朝は鬼門を開かなくてもよいと言ったくせに、今さらなんだ」

「それとは…」

言い淀む玲に対し、刹那の瞳が険しくなり、厳しい語調の言葉が降ってきた。

「許すと思うか！　おまえは華玉だ。鞘を手にした者に自由はない！」

剣と鞘は神器である。選ばれた者は、それを拒むことはできないのだ。

「でも、僕は…」

「甘えるな！　おまえの不在がどれだけ多くの犠牲を生んだと思っている。これ以上の勝手は認めるわけにはいかん」

冷たく憎しみのこもった眼差しで見据えられ、続く玲の言葉は喉に絡んで、そのまま音になることなく消えていった。

「刹那はさ、たぶん剣を使ってみたかっただけなんだよ」

悪く思わないでやってくれと、律が言う。

剣の間合いを教えられた数日後のことだった。朝議の合間に中庭の広く開いた場所に出て、公子たちが軽い手合わせをしている。

年配の女性公主、慈雨も含め、公子たちは優れた武人でもある。剣の腕が立つことも公子の資質の一つなのだそうだ。

「大事な剣をずっと遠ざけてただろう？　それに、公子は自分の剣以外は持てないから、こういう手合わせにも参加できなかったし…。刹那も辛かったんだと思うんだ」

公子の剣は鞘同様、他の者が触れることを拒み、公子も他の剣に触れることができないため、こうした軽い打ち合いでさえ、神器である剣を手に行うのだった。

律は人懐こく、まわりに人がいない時は王である刹那の名も気兼ねなく口にした。小さい頃から知っていて、今さら「主上」と呼ぶのは慣れないのだと言って笑っている。

「刹那もうるさく言わないしな。玲のことも名前で呼んでいいか？　身分はそっちのほうが上になるけど…」

構わないと言って、玲は頷いた。この国のことがよくわからない玲にとって、身分というものはあまりピンと来なかった。

「じゃあ、俺のことも律って呼んで。ついでに由旬も呼び捨てでいいから」

そうもいかないだろうと思ったが、律の笑顔につられて玲も微笑んでいた。

公子たちが打ち合う中、刹那は自分の剣をじっと見つめている。その姿を眺めて、律がどこか懐かしそうに言う。

「刹那は、すごく強いよ…。この前は玲を驚かせたかもしれないけど、あの間合い一つとってもすごさがわかるだろう？　剣に関して刹那は天才的だったんだ」

十二の時には、国で並びないほどの腕を持っていたらしい。

公子の名は剣に刻まれたものをそのまま付けるのだと律が教えた。刹那というのは翠の公子に選ばれた時に剣に刻まれていた名だが、その名のとおり刹那の剣は太刀筋が目に見えないほど速いのだという。

「鞘のない剣には麻布が巻かれているんだけど、それが解けたのもわかんないうちに、試技の木偶《でく》が切られてた。刹那が背中を向けた後でゆっくり二つに割れて落ちるんだ。鮮やかだった」

律はまるで、たった今見てきたかのように上気した頰で言った。

「でも、刹那は十五の時に剣を自分の身から離したんだ。この九年間、一度も剣に触れてない」

「え…？」

あれだけの腕があったのに、もったいないと、律は残念そうに肩を竦める。

「一度も…？」

こうした打ち合いはともかく、国や州を治めるためにも、ということだろうか。

律は由旬の打ち合いを見ながら、淡々と言う。

「使うと言う意味では、一度も触れてない。刹那は剣との親和性が高くて、声を引き出す力もとても強かったけど、その力も使ってないんだよ」

剣を使わなければ、国や州を治めることはできないのではなかっただろうか。

「どうして、使わなかったの？」

「鬼に心を喰われるって言ってた」

キン、と音が鳴り、我尺の剣が由旬の剣を弾く。

「剣には鬼が封じられているだろう？　鞘がないまま剣を持つことで、刹那の剣に封じた鬼は、力が増しすぎたんだよ」

「でも、剣の力を使わなかったら、どうやって国や州を治めてたの…？」

人にはその力がないのだと、だから神は支配の力を宿した剣を与えたのだと延から聞いていた。

剣を失った公子は長くは持たなかったとも聞いた。

そして、鞘がないまま剣を持ち続けたために、刹那は鬼になりかけているのだと。

「一度…、塚の選定を受けるために手にした以外はね…。玲が来たあの日まで、刹那が剣に触れたことはないよ。剣の力を使わないで、翠を治めて、今は国を治めてる」

塚の選定は、王が崩御した際に玉州のどこかに現れる塚によって行われるが、その時公子たちは塚に剣を刺すのだ。その選定以外では、刹那は剣を使っていないのだと律は言った。

公子が成人するまでその後見には王が立つが、翠の公子である刹那が成人する頃から、翠は荒れるようになった。

それは、刹那が剣の力に頼らなくなったからだと律は言う。鬼玉の成人は十五歳。

「剣を使わないで州や国を治めることはとても苦し

治水工事や橋の建設、新しい耕作地の開拓など、人の手を必要とする場面では、それぞれの思惑が絡んでなかなか話がまとまらなくなった。

それまで公子の立てた計画通り、従順に事業に従事した者たちが口々に自分の立場を主張するようになったのだ。

互いに意見がぶつかり合い、揉め事が絶えず、争いが至る所に散見したという。

そんな中で、刹那は剣に頼らず治政を布いてきた。一人一人の話を聞き、自分の目で確かめ、重要な地位に置く官吏は自らが会って決めた。まとまらない意見の調整をギリギリまでつけ、賦役《ふえき》を渋る民に、なぜそれが必要かを根気よく説き、一度にできないことは順序を決めて、待つことを要求したのだ。

強く命じなければならない場面も多く、そのことにも刹那は苦しんだという。それでも、前に進むしくて大変なことなんだ…」

剣の力を使えば簡単に進められることも、一つ一つ相手を説得しなければ通すことができなくなる。臣下はなかなか従わず、その上鞘を持たない刹那を、いつ鬼に変わるかも知れないと言って恐れた。

「中には急ぐ事案もけっこうあるから、時間をかけて説得できないことも多いんだ…。厳しく命令するしかないこともあるんだよ」

それによって、さらに反発や軋轢《あつれき》や闇雲な恐怖が生まれる。それらも、剣の力を使えば抑えるのは難しくないのだが、そこでも刹那は剣を持てなかった。

「不満とか反感とかって、向けられると嫌な気持ちになるけど、そんなこと言ってられないくらい、そこらじゅうにはびこってたし…。それに、剣の支配を受けないと、刹那に反発するだけじゃなく、いろんなところで影響がでるんだよ」

かないと覚悟を決めて、民を治めてきたのだ。

「そうやって翠は、どうにかやってきたんだよ。でも、王になってからは、それもあまりうまくいってないんだ」

律はため息を吐いた
玲と律の視線の先で、刹那の髪が銀色に光っていた。氷のような異質な光が日の下に白く浮かび上がって見える。

王になり玉州に移る時、刹那は自分で選んだ有能な臣下を全て翠に残してきた。

翠には未だ新しい剣が現れず、公子が立っていなかった。今、翠を支えているのは、刹那が任じた州代をはじめとする官吏たちなのだ。

その官吏たちを、ただの一人も翠から欠くことなく、刹那は王都に入った。

「玉州に来てからも、剣がないからなかなかいい臣下が見つからないし、何をするにも手間がかかる。その上、天候が不安定だったり、翠に新しい公子が現れなかったりしたことまで刹那のせいみたいにされてさ。端で見てても気の毒になるよ」

どんなに働いても、思うような政はできない。苛立つ刹那を官吏は恐れる。その官吏に強く命じながら、そのことにも刹那は苛立っている。

あの覇気、鋭い怒気を含んだ空気は、焦りや苛立ちで張りつめた王の心が発する悲鳴なのかもしれない。

由旬が我尺に降参し、律は少し口を尖らせた。視線を広場に向けたまま、ぽつりと問う。

「玲は、いったいどこにいたんだ？」

「日本の、鬼玉村…」

何度伝えても、本当には誰も理解できない、この国にとって異界の村だ。

うーんと唸《うな》って律は頬を掻き、「ごめん、どこだかわかんない」と困ったように笑った。

玲も少し笑って頷いた。律が悪いわけではないのだ。

「…刹那、怒ってただろう？　鞘が見つからないなんてこと、始王が立って以来なかったことだからな。この国じゃ、子どもは十五になるまで州から出ちゃいけないいんだ。それって晶玉のための決め事なんだよ。晶玉の選定があるのがわかってる時なら、なおさらその年の子どもはどこかに行っちゃいけない。それなのに、玲は翠にも玉にもいなかったから、そのことを刹那は怒ってるんだ」

十五歳まで村から出ない。

「僕の村にも同じような決まりがあった。僕は生まれてからずっと、どこにも行ってないはずなんだけど…」

「そうなの？」

「うん」

ふーん、と律は玲の顔を見る。そして、不思議だな、と呟いた。

「でも、玲が見つかってよかった。これで刹那も剣を持てる」

公子にとって、剣は力を得るためだけでなく、何より大切なものだ。

生まれた時から親元を離される公子にとって、生涯をともにする晶玉を得るまで、剣は唯一の拠り所になる。どの公子も剣を好み極めるのは、そのためだ。

剣は晶玉とともに、公子の支えであり歓びなのである。

「刹那、久しぶりにどうだ？」

祥羽に誘われて、刹那が剣を高く掲げる。滑らかな銀の刃が日の光にきらめいた。

「よし。頼む」

立ち上がり、一度剣を鞘に収める。

祥羽と向かい合い礼を取った後、刹那はすっと静かに剣を抜いた。

その剣が瞬きする間に一閃する。

九年間、その身から離していたとは思えないほど見事な剣捌《さば》きで、刹那は祥羽との打ち合いを演じている。

祥羽は軍務を司り、国中に知られる最強の国軍元《げん》帥《すい》だ。

その祥羽の突き出す剣を軽く躱し、刹那は体勢を入れ替えるやいなや背後から回り喉元に切っ先を突き付ける。黒い絹の袍に銀の髪が流れ、一連の動きは舞でも舞っているかのように美しかった。

「参った。さすがだな」

息一つ乱さない刹那に、祥羽は苦笑した。慈雨と由旬の口からはため息が吐き出される。

「本当に、さすがね」

「恐ろしい奴…」

束の間、激務から解放されて、公子たちの表情は明るかった。

「由旬」

打ち合いを終えると、律が由旬に駆け寄り手拭いで額の汗を拭った。

「由旬、もう少し強くなってくれないと、見てて悔しいよ。頭脳派とか言ってないで、ちゃんと剣の稽古もしないとな」

「おまえの相手をする時間を削ってか?」

律が少し考え込むと、由旬はその鼻をちょっと摘《つ》まみ、そのまま抱き寄せるようにして、建物に入っていった。

祥羽や慈雨も、それぞれの晶玉と連れだって広場を後にする。

我尺の傍らに儚げな佇まいの人が寄り添っていた。橙州の晶玉、恭という人だ。延の孫である由希も絶賛していた。整った容貌の者が多い晶玉の中でも特に美しいと言われるだけあって、年齢や性別を感じさせない不思議な輝きがそこにはあった。

長い睫毛を伏せた恭に我尺が何か言い、労わるように肩を抱いて去ってゆく。

最後に、憮然とした表情の刹那が、玲をじろりと睨んで通り過ぎていった。

肩を抱いて欲しいとまでは言わないが、もう少し違う態度はないのだろうかと思う。あまり親密な関係を強要されても困るが、疎ましげに見られるのはやはり気持ちのいいものではなかった。

ため息を一つ吐いて、玲は重い足取りでその背中を追いかけた。


晶玉は基本的に朝議には参加しない。後で公子から意見を求められることはあるが、朝議中は部屋の隅に控えて内容を聞くだけである。

上座に玉座と大机が据えられ、各公子の席がそれを囲んでいた。晶玉は壁近くに用意された椅子に並んで腰を下ろし、官吏や侍従がそれぞれの場所に控えている。大広間の半分ほどの広さがある朝議の間は、人の熱と活気でどこか騒然としていた。

現代の日本ほど複雑ではないが、一国の政治を司る話し合いであり、内容は多岐に亘った。その多くは玲に理解できるものではなかったが、聞くともなしに聞いていた玲の耳に、ふと我尺の声が届いた。

「小さな乱が落ち着きませんな」

わからない話がほとんどだったが、今話しているのは、初めてこの地に来た日、玲が巻き込まれたような暴動に関することだった。

「ことに玉州…。野間沢郷などは王都にも近いので、何かと騒ぎが多く手を焼いています。それと、やはり翠州ですか…」

どちらも刹那にゆかりの地だった。

野間沢郷の延の家で聞いた話が頭に浮かんだ。誰もが刹那を嫌い、憎んでいると延は言っていた。

「剣の力が及ばぬのは、やはり問題かと…」

「翠には信頼できる者を残してある。州代をはじめ、主要な地位にある官吏に無能な者はいない」

「ですが、たとえば州代の目の届かぬ所で大きな騒ぎの芽が生まれた場合、剣の力を借りねば手遅れになる場合もないとは言えません。州代とて、この三年の不作の中、その処置で手一杯でしょう。地方の隅々にまで目が行き届くかどうか…」

我尺は刹那の剣に視線を向けた。

「剣の言葉を聞けぬ公子や王は、民を十分に導くことはできません。剣の声を引き出せるかどうかが、上に立つ者の力なのです」

それを怠ったために、今、国は乱れているのではないか、玉州と翠州に暴動が集中しているのも、刹那が剣を使えずにいたせいではないかと、我尺の言葉は暗に刹那の愚策を責めているかのようだった。

「剣を、お使いにならないのですか」

試すように我尺は問う。

「その力がおありなら…」

「力か…」

挑むような言葉に、刹那は剣に手を添えた。銀の睫毛を伏せ、その気配に耳を傾ける。

剣の声を引き出せるかどうかが、人の上に立つ王や公子の力である。その力を得るために、公子は生まれた時から親と離され剣とともに生きるのだ。

かつて刹那は誰よりもよく剣の声を聞いたという。だが、その剣の声を、刹那はもう九年間も聞いていない。

力を使えるのだろうか。

部屋がしんと静まり返った。

朝議の間、終始表情を変えなかった刹那がふいに眉間を険しくする。

「翠の九《く》ノ沢郷《さわごう》…、これは暴動の気配か…？」

我尺の目がわずかに見開かれる。

「大きな騒ぎになりそうだ…。おまえの言うように、できれば早めに抑えたほうがよいかもしれん」

緊迫した刹那の言葉に、朝議の間にざわめきが広がる。

「規模は…」

「警備兵で抑えることができそうか」

「国軍か王師を向かわせるのか」

「翠の軍は…」

「だめだ」

翠には公子がいない。刹那が登極《とうきょく》した後、現れるはずの剣が現れていないからだ。

晶玉の鞘に続き、翠に剣が現れなかったことも、刹那の治政を危ぶむ要因になっている。

それだけではなく、公子の不在はさまざまな不都合を生じさせていた。

その一つが軍事系統の乱れだ。

秩序を重んじる軍の上層部は、翠の軍はあくまで翠州公のものであると主張し、たとえ王であっても、翠州公の後ろ盾としてでなければ動かしてはならないと言っているのだ。

いない者の後ろ盾にはなれない。

翠の軍は刹那の命があれば動くと言うが、先王から引き継いだ国軍の長が否と言い続けていた。

いつ鬼に変わるとも知れない刹那の手に、多大な軍事力を持たせるのを恐れてのことだ。同じ理由で、国軍自体もまた刹那に従うことを暗に拒んでいた。

警備を担う兵は翠にもいるが、大きな暴動を抑えるには数に不安があった。

騒ぎが拡大する前に制圧する必要があるが、他州の乱に介入できるのは、国軍と王の禁軍《きんぐん》――王師だけだった。国軍は今や刹那の手では動かせない。

「…王師を、出すのか」

朝議の間、決断に迷うことの少なかった刹那が、わずかに考え込む。

「国軍も、剣の力があれば従うんじゃないか」

由旬が進言するが、刹那はなぜか苦笑を返した。

「従うことは従うだろうな。だが、長にあるあの男にも考えがあるのだろう。俺を疑っているから軍を動かしたくない。それを剣の力だけで従わせるのはよいことだろうか」

武器を手にし、時には怪我や命の危険にも晒《さら》される軍という機関にあって、信頼のないまま従わせることは避けたいと刹那は言う。

「剣の力を使っても、最後は人だ。互いの心に疑心があっては、ついてくる者たちにも危険が及ぶ」

「そうは言ってもな…」

今は時間が足りなかった。

できるだけ早いうちに、暴動を企てる者たちの主要な部分だけでも制圧したい。

「早馬を出して翠に知らせろ。翠の警備兵を向かわせる。王師はその援護に回る」

それから刹那は、公子たちを見渡した。

「我尺」

　柿色の公子が視線を返す。

「王師を預ける。翠を頼む」

　玉州野間沢郷での小さな暴動には、これまで通り治安や警備を担当する緋州公祥羽が当たることになった。

　公子たちにはそれぞれに役割分担があり、蒼州の慈雨は医療・福祉面、由旬は農政、建設などを含む内政一般とともに財務面、そして緋州公祥羽が治安や警備、軍などを管轄していた。

　その中で、壮年の経験豊かな我尺が刹那の補佐官的な役割を務めており、王とともに全ての分野に関わっている。我尺が翠へ向かうのは自然な流れだった。

「王師はあくまで援護だ。暴動を事前に鎮圧するのを目的とする。決して民を捕らえるな」

　刹那の命に我尺はかすかに眉をひそめた。

「…御意」

　その日の案件が全て協議し尽くされ、その後朝議はようやく散会になった。しかし、王と公子にはまだ、書面で上がる報告や陳情に目を通す業務が残っている。

　疲労の色を滲ませる公子たちに晶玉が寄り添い、退出し始めた。

「恭、大丈夫か」

　気遣う声が背中で聞こえ、振り向くと、我尺が恭を支えている。

「どうかしたんですか」

　律が駆け寄ったが、我尺は大丈夫だと静かに返し、労わるように恭を抱えて、ゆっくりと部屋を出て行った。

「恭さん、このところずっと調子悪そうだな…」

我尺は今年四十一歳になるので、橙玉である恭は、少なくとも三十代後半になるはずだということだった。

容貌の衰えは全く見せないが、日本より寿命の短いこの国では、体力面の衰弱があっても無理のない年代らしい。

ただ、頭脳や人間性だけでなく、健康面でも資質の優れた者が選ばれる傾向にある公子や晶玉は、食事や生活に配慮されることもあり、長寿であることが多かった。

「晶玉にしては身体が弱いのかもな…」

律が呟く。

線が細く、かげろうのように儚い印象の姿を思い浮かべ、玲も小さく頷いた。

「蒼州の慈雨ばあちゃんなんか、七十歳過ぎてもピンピンしてるのに」

「律、慈雨様をそんなふうに呼ぶなと、いつも言っているだろう」

刹那と話していた由旬がそばに来て、律をたしなめる。

ペロリと舌を出し、それでも律は嬉《うれ》しそうに由旬に腕を絡めた。仲睦まじい姿はやはり微笑ましく、少しだけ羨《うらや》ましくなる。

由旬と律が行ってしまうと、刹那を待ちながら玲はなんとなく後ろに控えている陽に聞いた。

「さっき、王師を出すのを、主上は迷っていたように見えましたけど…」

「そうですね。おそらく躊躇っておられたでしょう」

「どうしてですか」

「…王の禁軍である王師に逆らえば、ただの暴動ではなく謀反という扱いになりますから」

暴動と謀反の違いについて、玲はあまり理解していない。刹那を嫌って騒ぐのなら、それらを謀反とは言わないのだろうか。

「主上はどんな騒動も、反逆罪や謀反としては扱いません。ご自分を目の敵にされていると思われる場合でも、表立ってそれを口にさせないよう気を配っておいでです」

「それは、なぜですか？」

「謀反、反逆罪の罪は刑が重いのです」

玲の記憶に、延の言葉がよみがえる。

野間沢郷の木春菊村で世話になった時、延は言っていた。陰で王を悪く言っても役人の前では口にしない。謀反の罰は重いからと。

「罰ってそんなに重いんですか？」

相変わらず、どこか飄々とした風情で陽は頷く。

「死罪。もしくは国外追放です」

玲は思わず、喉を鳴らして唾をのみ込んだ。

死罪。

「それは、確かに重い…ですね」

（だから…）

だから、刹那は民を捕らえてはならないと我尺にわざわざ命じたのだ。

悪い王ではないと、陽が言う意味が玲にもわかり始めていた。苛立ち、厳しい言葉を発することはあっても、臣下を罰したり、理不尽な態度を取ったりすることはない。日々、国のため民のために働く姿からも、王としての責任感と真摯《しんし》さが伺える。

それに…。

「剣を持てるようになったのに、あまり力に頼らないように見えますけど…」

「そうですね」

国軍の将軍にも考えがあると言っていた。剣の力だけで従わせるのはよいことだろうかと。

「剣を使うと、反対する人たちも王や公子に従うんですよね…。どうして主上は、剣を使わないんでしょう」

ぼんやりとした問いだった。剣を持たない公子は長くは持たないと延は言い、剣に頼らない治政は苦しく大変だと、律が言っていた。

苦労の多い治政を布いてきたという刹那だが、今の刹那には剣が使える。現に使って見せた。

それを、なぜ…。

「華玉、剣を使うとなぜ民や臣下が従うのだと思いますか」

陽の問いにも、玲の頭の中は混沌としたままで答えは出なかった。

「…なぜでしょう。わかりません」

肩越しに視線を上げて振り返ると、陽は姿勢を正したままわずかな笑みを浮かべた。

「では、考えてみてください。力とは何か。剣にはなぜ鬼が封じられているのか。呪術が禁じられているのはなぜか。…華玉ご自身で考えて、主上のお心を理解してください」

「呪術についても、ですか…？」

陽はただ頷き、もう一度笑みを返した。

なぜ、力を使わないのか。その心を理解する…。

全てを受け止め切れないまま、玲は視線を戻した。

官吏への指示を終えて刹那が立ち上がるのを見て、玲も椅子から腰を上げる。

(王の心を…)

その心に寄り添い、王の治政を見守るのが華玉の務めだと、陽が求めているのは、そういうことなのだろうか。

「陽はなぜ、僕の従者になったんですか？」

「上官から任命されましたので」

素っ気ない答えに、それもそうかと思う。陽は侍従で、日本で言えば公務員だ。

けれど、それだけなのだろうか。

周囲の人間には、ただ王を恐れる者も多いのに、その中で、陽は刹那を信じ、刹那のために玲に何かを伝えようとしているように見える。

最初に刹那について、どんな人かと聞いた時、陽は「自分の目で確かめてください」と言った。だから玲は、陽が刹那をどう思っているのか知らなかった。

ふと、本当にそうだろうかと思う。

どんな人かと、一般的な意見を聞いたから答えなかったが、陽自身の考えならどうだろう。

少しだけ質問を変えて聞いてみた。

「陽は、主上をどう思っているのですか」

答えは期待しなかった。

一介の従者が、王について自分の思うところを語ることはできないと、そんなふうに返されるのではないかと諦《あきら》めていた。

だが、陽は短く、しかしはっきりと答えた。

「この国の未来に、必要な方です」

そうだ。

いつかも陽は、そんなふうに言っていた。

刹那を、玉座から失ってはならないと…。

「先代の王の御代、幼い日から、あの方は王になることを望まれていました。王を選定するのは塚ですが、誰もがあの方の登極を信じていました。晶玉を得るのに、少し時間がかかりましたが、それも今となっては問題ではありません」

立ち上がり、こちらに向かってくる刹那を見つめ、陽は何かを考えるように、ぽつりと付け加える。

「あるいはむしろ…、遅れたことこそが、神の計画の一部だったのかもしれません…」

乱れた夜着の上に袍を羽織って、刹那が御簾を上げて入って来た。

厚い胸板が覗き、気だるい色香が漂っている。

その姿に、下世話なことと思いながら、近くに後宮や大奥のような場所でもあるのだろうかと玲は勘ぐってしまった。

剣が王を選ぶという国の仕組みを思えば、血を残すという発想はないのだろう。しかしこの男は王なのだ。

望めば手に入るものは多いはず。

一度拒んで以来、刹那が玲に触れてくることはなく、若い熱をどこで散らしているのだろうかと気になった。

「何を見ている」

「…何も」

目を逸らして俯くと、厳しい声で繰り返された。

「言え。何を見ていた」

ごまかしはきかないようだと思い、恥を承知で玲は思ったことを口にした。

「どこかへ、いらしていたのかと思って…」

問う視線が向けられ、頰に血が上った。

「き、着物が乱れておいでなので…」

「ああ、これか…」

小姓の手を借りるのが面倒で適当に羽織ったと、刹那は不機嫌に言い捨てる。

(小姓…)

「そ…、それは…」

玲を抱こうとしたくらいなのだから、相手は女性とは限らないのだ。

「よろしかったですね…。さぞ、楽しまれたことでしょう」

自分でも何を言っているのかと思い、赤くなって俯く。刹那の瞳が怪訝《けげん》に眇められると、この場から逃げ出したい気分になった。

だが、

「何がいい。何をどう楽しめる」

素早く腕を摑まれて、赤い瞳に正面から見据えられると、何かが違うような気がしてきた。

「言え。怯《おび》える者の手を借りられず、ろくに身支度も整えられぬことの、何が面白い」

「あ…」

瞳に宿る悲痛な色に、玲は自分の勘違いに気付かされた。

公子として育てられた刹那は、一人で身支度を整えることができないのだ。他の公子のようにきちんと着込まず無造作に流した袍や着物も、望んでそうしているのではないのかもしれない。

「…申し訳、ありません」

謝れとは言っていないと、瞳が告げていた。どれほど恥ずかしくとも、自分のあさましい誤解を告白するしかなかった。

「…どこぞの方と、お過ごしだったのかと思ったのです」

鋭い気配が緩み、目が逸らされる。

「そんな時間と体力があれば、仕事に回す」

素っ気なく言い捨てて、刹那は玲の手を離した。

そのまま胡坐《あぐら》をかき、流れ落ちる銀の髪を忌々しげに払う。ずいぶん疲れているように見えた。

刹那は髪を払った後の手のひらを見つめ、その手で怖々と顔を辿っている。その仕草を見つめているうちに玲の中に気持ちがざわつくような不審が芽生えた。

「どうか、なさいましたか…？」

半分伏せた銀の睫毛が震え、視線が玲の上に戻る。

「俺の顔は、何かおかしくないか」

問われた意味がわからなかった。見つめる先にあるのは、神と見紛うほど完璧に整った美しい顔だ。硬い線を描く頬が、男らしい美貌を際立たせている。

銀の髪と、赤みの強い瞳の色だけが、どこか異質な印象を与える。

「何も、おかしくはないです」

少し躊躇って、続けた。

「とても、美しいと思います…」

虚を突かれたような目で見つめ返されて、慌てて首を振った。

「なんでもありません」


かすかな笑いが返された気がして視線を戻したが、刹那は何も言わなかった。かわりに腕を引かれ、枕元の棚に置かれた櫛を手渡された。

「髪を、梳いてくれ」

頷いて、胡坐をかいた刹那の背中に回り、膝で立って櫛を当てた。

高燈台に灯した明かりを、銀の髪が弾いた。

「おまえは、この髪が恐ろしくはないのか」

「ええ。特には…」

異質なものだとは思うし、人々が厭い、刹那自身も嫌っていることは知っているが、恐ろしいとは思わない。

迷いなく梳く手の動きにも、それは現れているはずだった。

「おまえのいた和国には、鬼はいないのだったな」

「…そうですね。心の中にはいるのかもしれませんけれど、実際に鬼に会ったという人を、僕は知りません」

この国でも、鬼は過去の存在ではないのだろうか。延に聞いた話から玲はそう考えていた。

「鬼玉には鬼がいた」

刹那の言葉にも、玲は黙って頷いた。だが、刹那はこう続けた。

「そして、今も鬼はいる」

「今も、ですか」

「そうだ。剣の中に。そして、この俺の身の裡にだ。俺は、鬼に心を喰われかけている…」

鬼の王と、人に呼ばれる。それは、根も葉もない噂話ではないのだと刹那は言う。

「この髪が、その証《あかし》だ」

「でも、あなたは…」

鬼に心を喰われると言って、自ら剣をその身から離したと、そう律は言っていた。

公子にとって、剣は何にも代えがたい大事なものだ。晶玉が現れて家族になるまで、公子は剣だけを拠り所に生きる。それだけではなく、剣は支配の力を与え、公子の思うような治政を布く助けとなる。

その半身ともいえる剣を、力とともに刹那は手放したのだ。

我尺が言うように、剣の声を聞く力は公子の条件でもある。州や国を整えていくのには必要な力であり、刹那はその力にも恵まれていた。

将来は王になるだろうと期待され、先王も刹那の成長を楽しみにしていたらしい。

和国に命じ暦と教育を導入し、国を豊かにした先王は名君と呼ばれ、賢王《けんおう》と贈名《おくりな》されたが、その晩年は、刹那が無事に晶玉を迎え、鞘を手にすることを強く願っていたのだ。

王を選ぶのは選定の塚だが、誰もが刹那の登極を疑わず、必ずや賢王のよい後継者になるだろうと信じていた。

けれど、刹那が数えで九つになる年、春とともに唯一の家族となる晶玉を待つ公子のもとに、鞘が現れたという報告はなかった。

晶玉が現れないという事態は、始王が立って以来一度もなかったことだ。先王は、禁じていた呪術の力を使ってまで鞘を探させた。

それでも鞘は見つからなかった。

「…………」

玲は櫛を持つ自分の手を見つめていた。

鞘はなぜ、鬼門で閉ざされた遠い鬼玉村の玲のもとに現れたのだろう。

なぜ、鞘を得られない刹那を、塚は王に選定したのだろう。

なぜ…。

銀の髪の氷のような冷たい輝きは、仄暗い灯りの下でも見紛うことはない。

鬼の血を引く異形。

「どうした」

手が止まっていた。

「なんでも…」

言葉をのみ込みかけて、この男にごまかしはきかないと思い直す。

「あの、剣を離していても、鬼の力は王や公子に及ぶものなのですか？」

抑える鞘が見つからないまま鬼の力が増しすぎた剣を、刹那は自らの意志で十五の時から遠ざけてきた。

ならばなぜ、鬼に心を喰われるのだろう。

少しの間、刹那は何も答えなかった。聞くべきではなかったのかと思い、玲が謝ろうとした時、刹那がわずかに俯いた姿勢で額を右手で覆う。

そして、息を漏《も》らすような低い声で言った。

「…あれの力は、強い」

鞘がない間、剣には麻布を巻くという。幼い公子は晶玉を得るまで麻布を巻いた剣を持つ。鞘が現れない中、しばらくは刹那もそうして剣を持ち続けた。

だが、剣は成長する。

子どものうちはただの麻布で済んだものが、力が強くなると抑えきれなくなり、先王の命で由旬の呪術を施した麻布が巻かれるようになった。

それでも剣を抑えることは難しくなっていった。

「初めのうちは、記憶の一部が曖昧になるくらいだった…。そのうち、剣を使った時の記憶がなくなり、何をしたのか覚えていないことが増えた。それだけではない…。鬼になったまま人を切り続ける幻影が浮かぶようになった」

その恐ろしさに竦み、悲鳴を上げて剣を投げ捨てたこともあった。そして、十五の春、とうとう刹那は剣を持てなくなったのだという。

強張った大きな背中を、玲は黙って見つめていた。子どもだったとはいえ、これほどの男が竦むほどの恐怖を思い、幼い刹那が悲鳴を上げ、剣を投げ捨てる姿を瞼に浮かべると心がざわついた。

「剣を置いても、公子は公子のままだ。俺が死なぬ限り、翠に新しい剣は現れない」

過去にも鞘と剣を亡くした公子はいたが、長くは持たなかったと、延にも聞いた話を刹那が口にする。

「それがなぜか、俺にはよくわかる…」

力が及ばないことを、誰よりも公子自身が知ることになるからだ。自分さえ死ねば新たな剣が下り、そのほうが民のためになると考えるからだ。

晶玉もなく、その状況に耐え続けることは、公子にとって生きるより苦しいこと。

けれど、刹那は公子であり続けた。

「先王に諭された。鞘はどこかにある。いつか現れる晶玉のためにも、命を捨ててはならぬと言われた……」

そして、待ち続け、探し続けたのが、玲の持つ鞘だったのだ。

最初の邂逅《かいこう》の際の刹那の怒りを思い出し、小さく吐息が漏れた。

合点がいった。

無理もないと思った。そうして十五年もの月日を過ごしたと聞けば、己の不在を、ただ知らなかったというだけでは済まされない気持ちになり、やるせなく思う。

責められても仕方がなかったのだ。


死ぬこともできない。生きるのも辛い。力が及ばずとも、公子として背負うものを捨てることもできない。泣き言を言う間に、足りぬ力で民に尽くさねばならない。

刹那が歩んできた道は、それまで誰も歩いたことのない道なき道だったのだ。

「翠は貧しい。行き届かぬことが多いせいで、他州のようには安定しない。それでも、今はどうにか回っているのだ。飢える者がなく、子どもが教育を受け、重い流行病を出さなければ、時間はかかっても暮らしはよくなる。数年の飢饉《ききん》になら耐えられる余力も待たせてある。だが、そんなギリギリの状態で大きな暴動が起これば、立ち行かなくなる者も出るだろう」

枕元の剣台に置かれた剣に刹那の目が向けられる。

「今はおまえがいるのだから、剣を使えばよいのかもしれぬが…」

　国軍を率いて翠に向かい、剣の力で暴動を鎮めてしまえば、それが一番早いのかもしれない。玉で起こる小さな騒ぎも、あるいは剣の力を使えばすぐに収まるのかもしれなかった。

「…お使いに、ならないのですか？」

　玲の問いに、刹那はまた自分の手を見つめた。そして迷うように何度かその手を閉じたり開いたりしている。

　やがて、肩越しに、先ほどと同じ問いが向けられた。

「俺の顔は、どこかおかしくないか」

　振り向いた横顔に、玲はただ「いいえ」と答えて首を振った。

　刹那がポツリと言う。

「俺は、一度鬼に姿を変えた」

　先王が崩御し、玉州に選定の塚が現れた時のこと。

　選定の塚は大きな石の姿をしており、公子たちはそれぞれの剣をその塚に突き立てる。神器である塚は、公子の剣だけは受け入れ、そして、抜くことができるのはそのうちの一本だけだ。

　それが、王の剣になる。

　選定を終えた塚は姿を消し、王以外の者の剣はそのままそこに残される。

　鞘を持たない剣に触れれば、封じた鬼が心を喰い始めることはわかっていた。だが、選定の儀式では呪を施した麻布を巻くことは許されない。刹那は素手で剣に触れるしかなかった。

「塚に剣を刺すまでは、まだ耐えられた。だが、抜いたあの剣の力は…」

　顔を歪め刹那は恐れるように剣を見る。

「阿修羅の名を刻んだあの剣は、それまでの剣とはまるで違った」

一瞬のうちに心を喰らい、刹那の姿を鬼に変えた。

赤い目と銀の髪、額には二本の黒い角を持ち、鋭い牙をむいて周囲の人間に切りかかった。

刹那に切りかかられて避けられる者はいない。

だが、刹那が剣を振り上げるより一瞬早く、雷が落ち、その剣を弾いたのだ。

「そのまま俺は意識を失った」

そして、目を覚ました時、角と牙は消えていたが、瞳にはかすかな赤みが残り、銀の髪はそのまま、元の黒髪に戻ることはなかった。

「十五で剣を手放して以来、素手であれに触れたのは、その一度きりだ」

儀式は多くの者が見守る中で行われたため、銀の髪を見るたびに、人々はその時のことを思い出し、恐怖を覚えるのだろう。


そして、王の剣には強大な鬼が封じられていることを思い出すのだ。

「この国の人間にとって、鬼ほど忌《い》むべきものはない。生きる希望も喜びもなかった時代に鬼は引き戻す。この髪はそれを思い出させる」

刹那が登極して三年、国はなかなか落ち着かない。どこかが静かになったと思うと、またどこかで乱の気配がし始めるのだ。大きなものに発展していないのが救いだが、このままではいつそうなってもおかしくない。

剣の力なしではどうにもならないところまで、来ているのかもしれなかった。

けれど、鞘を得てもなお、刹那は剣の力に頼りたがらない。

剣台で鞘の装飾が灯を弾いて光っていた。

玲が刹那の間合いの内から離れれば、その鞘は剣を抑えることができなくなる。なぜそのように不安定な力で鞘は剣を抑えているのだろう。

答えの見つからない問いが、後から後から浮かんだ。

木春菊村の由希の言葉がふいに脳裏に閃く。

『神様の采配は人にはわからないものなのよ』

櫛を持つ手を取られ、刹那の滑らかな頬に当てられた。身体の向きを変えた王が、玲の目を見上げて三度目の同じ問いを口にした。

「俺の顔は、どこかおかしくないか」

わずかに赤みを増した瞳を見つめ返し、玲もまた同じ答えを返した。

「いいえ」

この時にはまだ、刹那が問う意味が理解できず、異質なものを含んでなお美しい姿に、悲しみに似た思いが生まれるのを感じただけだった。


翌日の早朝、我尺の率いる王師が翠に向かって出立した。

外宮に並んだ大門は戦に向かう師団のためのもので、整列して進む騎馬隊を、玲は公子たちとともに石垣の上に立って見送った。急を要する状況に、部隊は騎兵のみで構成された一個小隊、総勢三十名余りだった。

玉州との州境にある九ノ沢郷までは、人の足で十二日、馬車が通れる道はなく、いくつか難所を越えつつ馬で進む。軍の騎馬でも三日では厳しい行程だと聞いた。

乱を平定し、我尺が戻るのはおよそ十日後になる。

黒地に金の刺繍を施した王旗が日の昇り始めた東

の地平に消えてゆく。白い息を吐きながら、玲はその影を見送った。

律や他の晶玉の姿はなかった。

鞘である晶玉たちは戦を厭い、剣術の試技や手合わせは別にして、軍事にかかわる席には姿を見せないのが慣わしだった。

本来ならば玲もこの場にいるべきではなかったが、刹那が剣を携えている以上、そばを離れることはできない。

「九ノ沢郷か…」

祥羽の呟きに、由旬がかすかに眉をひそめる。

「和国の姿が最後に確認されたのが、九ノ沢郷だったな」

「少し前の不安を煽《あお》る空気といい、やはり杖の力が関与しているのか…？」

ここ数日はあまり聞かなくなったが、杖の声と思われる気配は、数年前から頻繁に国に満ちていたらしい。玲も聞いたあの声だ。

杖の声は、人の心に影響する。

だからこそ、その力を使うことを、国は堅く禁じていた。

「和国という男…。一度本気で探した方がいいかもしれないな」

由旬の視線を受けて、刹那は警備担当の祥羽に短く命じた。

「探してくれ」

「御意」

三人の様子を見ていた蒼州公慈雨と蒼玉が顔を見合わせ、どちらもわずかに眉を寄せた。

「和国は…、悪い呪術師ではありませんでしたよ」

慈雨は、いつかと同じようなことを口にした。穏やかだが強い意志を感じさせる声に、玲はふと祖母を思い出した。人の言葉に惑わされない、心に信じるものがある人の声だ。

「捕らえるためではない。呪術が関係しているのなら、仔細《しさい》を確認する必要がある。一度会ってみたい」

悪い呪術師ではなかったと慈雨が言うのは、和国はあくまで王に命じられて杖の力を使ったからだ。

国に暦と文字を広めるための、年寄りなら誰でも聞いたことがあるという声がそれだ。

文字や暦を広めるために呪術が使われたのは、それらに対する恐怖を人々から取り去るためだったようだ。

それまで、日読み月読みの技や言の葉師の扱う文字には、呪術的な要素があると恐れられていた。

支配する側にとって民は無知なほうが扱いやすく、古来より文字や教育を禁じる統治者は多かった。

文字への偏見と呪縛を解くために、和国は人々に、文字はただの道具でありとても便利なものなのだと杖を使って説いたのである。たとえ文字に呪術的な力があるとしても、その力を使える者のほうが稀であり、恐れる必要はないのだと。

長い賢王の治世の初め、およそ四十年前のことだという。

和国の声を覚えている者の数も、今では限られている。慈雨と蒼玉は、その数少ない者の中に含まれていた。

木春菊村の延もまた、そのうちの一人だ。

だが、和国は行方を消してしまった。

呪術者は悪いものだから逃げたのだろうと言った延や由希の言葉が頭に浮かぶ。

この国に流された頃に聞いた声なき声を思い出し、あれが杖の声だとしたら、呪術はやはりよいものではないように玲は思った。

玲と同じ国から来た和国が、人々の不安を煽り、刹那を追い詰めるための言葉を広めているのだろうか。そう思うと、気持ちがざわついた。

（でも…、なんのために？）

日本から流され、先王のもとで国の発展の礎に尽力した男が、なぜ今、刹那を玉座から追おうとするのだろうか。

ここにもまた、答えのわからない疑問が生まれるが、これはむしろ違和感と呼んだほうが近いものだった。二十年前に姿を消した和国が、王になってまだ三年にしかならない刹那を強く憎む理由が玲にはわからなかった。

（刹那が鬼に変わりかけているから…？）

それもまたもともと鬼玉の民ではない和国の行動として釈然としない。

我尺の一行が消えた地平線から太陽が昇るが、それを覆うように重い雲が流れて来た。

太陽が雲間に消え、光と影が混じり合う混沌が広がり、やがて影が光を制すると大地に冷たい雨が降り始めた。

鞘が不安定なため、玲は刹那のそばを離れることができず、内宮と外宮を行き来する生活を続けていた。

日本に帰りたい気持ちが薄れることはなかったが、刹那や陽と過ごすうちに、流された当初の悲しさや不安は徐々に和らぎ、慣れない中にも生活は落ち着き始めていた。

「どうして鞘は、僕の所へ現れたんでしょうか」

刹那が執務を行っている間、壁際の椅子に腰かけて待つ玲は、背後に控えている陽に聞いてみた。

陽は、なんでも聞けと言いながら、時に自分で考えろと言って答えをくれないことも多い。だが、どこか飄々として掴みにくいところも含めて、何かと頼りになる人物だった。

この時も、「そうですねぇ」と、どこかもったいぶったような間をおいて、

「神様には何かお考えがあるのでしょう。神の采配は人知の及ばぬものだと、和国の残した歴史書にもありますし」

と、由希の言ったような言葉を返しただけだった。

（和国の残した歴史書…）

和国の歴史書は学校を開いた先代の王、賢王が、写しの手本として広めた鬼玉の歴史を綴《つづ》った本だ。由希によれば全部で六巻あるらしい。

人の手による写本であり、多少の差異があると聞いたが、おおむね正しく伝えられているという。

原本は国の書庫に収められているが、古くから言の葉師が扱う文書に比べて平易なため、あえて写しまでは保管されていないらしかった。

どんな内容なのか興味があった。だが、刹那から離れられない玲が書庫に行くことはできず、陽が打診したものの、さすがに原本なので華玉の願いでも持ち出しは認められないと答えがあったばかりだ。

結局、諦めるしかなく、由希の上気した顔を思い出すとかなり残念な気持ちになっていた。

「きっと、面白い読み物なんでしょうね…」

玲の呟きに「とても面白いですよ」と、陽はあっさりと返す。胡乱《うろん》な目で振り返ってみたが、悪気のなさそうなにこやかな顔があるだけで、なんとなく陽という人物がわかった気がした。

官吏たちに何か指示していた刹那が、紙束の入っ

た行李を小姓に持たせ、席を立った。

外はまだ松明が焚《た》かれ始めた頃で、普段よりだいぶ時間が早い。

「残りは屋敷で目を通す。玉州の報告も向こうで聞く。必要なものをまとめてくれ」

別の官吏に話すのを聞いて、連日、することもなく内宮に留まっていた玲は、つい明るい表情になって刹那を見上げた。

「おまえもここでは退屈だろう。屋敷のほうがまだくつろげる。陽も連日大儀だったな」

「とんでもございません」

慌てて頭を下げた陽に、刹那はかすかに口の端を上げた。

その苛立ちも怒りもない穏やかな表情に、玲は少し驚いた。

ぽかんとしていると、剣を身近に置けるようになって、気持ちに余裕ができたのでしょう、と聞いてもいないのに陽が小声で囁いた。

すぐに王の内面を慮《おもんぱか》るなど許されないと慌てて呟いていたが、それでも、それを玲に告げたくなるほどには、陽も嬉しかったのだろう。

松明に照らされた内宮を、石を踏み鳴らして歩いた。雨が上がり、零れる灯の下で草の葉や砂利がきらきらと光っていた。

羽織っただけの袍を翻して歩く刹那の背を追いながら、炎を映して銀色に光る髪が夜の中に浮かび上がるのをぼんやり見ていた。

「松明のあるうちに帰るのは久しぶりだな」

遅い時間には松明も消されるのだが、陽の下げた提灯の灯だけで歩くことにも玲は慣れ始めていた。月も星もない晩に提灯を消せば、あたりは漆黒の闇になった。

松明や燈籠の灯がこれほど明るいことを、玲はこの国へ来て初めて知ったのだ。

「書庫に、和国の歴史書の貸し出しを打診したのか」

「あ、はい。陽が聞いてくれたんですけど、貴重なものなので書庫内で見るならよいというお返事でした」

その返答に刹那は少し考え込む。

「書庫に付き合う余裕ができたら、連れて行く」

そう言ってから、書庫の閲覧時間は長くないことを思い出したのか、苦い顔を見せた。

その気持ちだけでいいのだと、玲は思った。

美しく、誇り高く猛々しいこの男を、鬼と呼ぶのは誰だろう。

その胸の裡に秘めた優しさを、国や民を思う心を、氷のようにきらめく銀の髪に目がくらみ、見ようとしないのは……。


「陽…」

背後に控えた食えない男に声をかけると、光る砂利が小さく音を立てた。

その足音に囁いた。

「主上は、お優しい方です」

気配だけを和らげて、陽は玲に同意したようだった。

王はどんな人かと聞かれたら、そう答えればいい。自分の目に映ったそのままを、答えればいいのだと玲は思った。

雨上がりの夜空に月が浮かんでいた。雲が全て晴れれば、この国では星が零れるように降ることも、玲はもう知っている。

その翌日も、松明のあるうちに屋敷に戻った刹那は、女官に命じて何かを持って来させた。

食事の済んだ卓子に置かれたのは、粗末な紙を綴《と》じた冊子で、手書きの墨文字が丁寧な書体で並んでいる。

「兄と私とが手本に使ったもので、手元にある中では一番しっかりしています。ただ、華玉がお読みになるには…」

申し訳なさそうに頭を下げる女官を前に、刹那が問う。

「どうだ。もう少しよいものを探すには、時間がかかるが…。それまで、その冊子で我慢できるか」

「我慢だなんて…。こんな大切なものをお借りしていいんですか」

玲の問いに女官は恐縮し、返す必要はないので好きに持ち歩いてくれて構わないと言う。女官の兄という人は教師をしているらしく、もっと上質なものが手に入れば献上するとも言ってくれた。

だが、それには及ばないことを伝えて、玲は感謝の言葉とともに数冊の冊子を受け取った。

数えると六冊ある。多くの者が三巻目までで読み書きの練習を終えるので、四巻目以降は数が少ないと聞いていた。

「本当に、いただいてもいいのですか？」

念を押す玲に、女官は嬉しそうに頷いた。

何度も漉《す》き直した紙は灰色で、手触りも荒い。だが、女官が言うとおりしっかりとした造りで綴じ方も丁寧だった。文字も楷書で読みやすい。何より自由に持ち歩けることが嬉しかった。

重ねて礼を言い、刹那にも感謝の言葉を伝える。

「そんなに喜ばれるとは思わなかった」

どこか面喰らったような王を、陽が隠れて笑う。小姓の何人かは慌てていたが、刹那が陽を咎めることはなかった。

燈盞に浸した点燈心が明々と燃えている。蛍光灯の明るさとは比較にならない仄かな光でも、今の玲には十分だった。

刹那が執務する部屋の隅で、筆の文字を追ってゆく。冊子を読むだけなので、陽は別の仕事に席を外していた。

木春菊村で由希に見せられた紙も、この冊子の紙も、決して上等のものではない。それが意味することを考え、玲は胸の裡に何か大切な重石を抱えた気持ちになった。

王宮での食器は磁器や陶器も使われ、調度品には漆が塗られ螺鈿が施され、衣装には絹が、布団には綿がふんだんに使われている。それでも鉄や銅などの金属は必要な場所にしか見られず、硝子《ガラス》は希少でほとんど目にしない。

木春菊村の暮らしはもっと慎ましく、寝床には藁を敷き、食器は木を加工した椀だった。鉄製品は必要に見合って用意されていたが、それも最小限の数だったように思う。

産業の種類が多くないのだ。

食用の作物の収穫が最優先で、それ以外のものには多くの手が割けないのだろう。

その中で、紙だけが十分にある。

内宮で使う上質の和紙だけでなく、官吏が日常の業務に使う中程度のもの、そしてそれらを何度も漉き直した、粗末だが庶民でも気兼ねなく使えるもの。

今玲が手にしているような紙だ。

(飢える者がなく、子どもが教育を受け、重い流行病を出さない…)

刹那の言葉が脳裏に浮かんだ。

(教育…)

何かが摑めそうで、なかなか形を成さなかった。

この国を支える、何かとても大切なものがすぐそこにあるように思うのだが…。

吐息を一つ吐いて、冊子の文字に集中した。文字そのものは今の日本のものと変わらないのだが、筆で書かれているのが少し見慣れずゆっくりと辿っていく。

由希が夢中で話した阿修羅と晶玉の物語には、玲も引き込まれた。

鬼を滅ぼした阿修羅は、晶玉とともに命を献じて人の世の礎となることを神に願った。

「鬼の世の終わり、人の世の始まりに満ちる光…」

さまざまな人の口に上った言葉がそこに書かれていた。

神が与えた公子の剣と晶玉の鞘のこと。鬼の世の終わり、人の世の始まりに満ちる光…。

剣には鬼が封じられている。

「剣に封じられた鬼は百鬼…」

「どうした?」

背中から声をかけられて、はっとした。

「す…、すみません」

慣れない筆文字を追ううちに、ぶつぶつと声に出して読んでいたようだ。執務の邪魔をしたことを申し訳なく思い、玲は顔を赤らめた。

「別に構わん。どうだ、面白いか」

「面白いです。あの…、剣に封じられた鬼は全部で百鬼だったんですね」

「そうなのか?」

国の子どもなら誰でも繰り返し手習いになぞる物語だが、公子や上級の官吏たちは、主に言の葉師が扱う古い日本の書物を学び、和国の歴史物語は小さい時に一、二度目を通す程度らしい。

陽でさえ、久しぶりに読み返して知らないことが多くあったと驚いていた。

「封じた鬼は百らしいです」

どの鬼がどれだけ剣に封じられているのかは、わからないらしい。

そこに鬼が封じられていることさえも忘れられてきた。

刹那の剣に阿修羅の名が現れて、初めて人はそれが鬼を封じたものだと思い出したのだ。そして、鞘が晶玉の力でその鬼を抑えていることも…。

ふと、玲の中に疑問が芽生えた。

鬼を封じたことさえ忘れられていたのなら、封じた鬼の数に限りがあることを、考えたことはあるのだろうか。延や由希の口からも、それについては何も聞かされていない。

剣に封じた鬼が全ていなくなった時、剣と鞘はどうなるのだろう…。

ざわりと身体を鳥肌が包む。


この国では当たり前のように信じられている神や、その神が与える神器…。その神器が現れなくなる日は来るのだろうか。

来る、のではないか。

そう思った瞬間、頭の中で何かが弾け、新たな視界が目の前に開けた。

神器が実在し、神が存在すると考えられているこの国と、自分の生まれ育った国とはあまりに異なって見えた。

公子の剣や、晶玉の鞘。

呪術師の杖。

そして、鬼。

日本ではゲームや漫画、物語の中でしか見ることのない、人知を超えた道具。

異界。

けれど、本当は…。

何もかもが違うわけではないのではないか。

日本にも、神話の時代はあった。神々の存在を信じ、神器を与えられて、国の礎を築いた時代があったのではなかったか。

この国のように。

「僕の国にも神話はあって、神様や神器のことも書かれています。でも、そこに書かれていることが本当にあったことだとは、あまり信じられてないんです。神器と呼ばれる道具も、それがどんな力を持つものなのか、今ではよく知られていないし…」

突然話し出した玲を、刹那は怪訝そうに見据えたが、すぐに長椅子の隣に腰を下ろして先を促した。

「ええと…、うまく言えないけど、僕の国にも最初は神様がいて、もしかしたら鬼も本当にいて、それから長い年月がたって、人の手に世界が渡されたから、そういうものが消えていったのかもしれなくて…」

遠い昔、日本にも国の始まりの時期があり、神の手を借りていた時代があった。神器がもたらされた時代があったのだ。

「この国はまだ、できたばかりの新しい国なんです…。だから…」

鬼玉はまだ、人の手に世界が渡される以前の、神が手助けを与えてくれる時期にある国なのではないか。

もうずっと前に日本が忘れてしまった神話の時代のただ中に、あるいは…。

その終局にある国。

「剣と鞘は、もしかして、もうすぐ現れなくなるのではないでしょうか…。剣に封じるための鬼が、全ていなくなってしまったら…」

翠には剣が現れないと聞いた。

刹那は剣の力を使えないまま、治政を布いてきたが、それは、何かの準備のために与えられた試練なのではないか。

神の手が離される前の…。

玲の話を黙って聞いていた刹那は、深く考えるように目を閉じた。

「…だが、鬼を封じた剣はまだ存在する」

鞘に収まった剣に視線を向け、刹那は言う。

「鬼はまだ、いるのだ」

ひときわ美しい鋼の色を持つ両刃の長剣は、ただ静かにそこにあった。鞘を持たないまま剣を手にした刹那を、一瞬で喰らい鬼に変えた力を今もそこには宿している。

封じた鬼の数は百。剣と鞘がいつか現れなくなることが、始王の時代から定められていたことだとしたら…。


その後の世界に神の力は及ばない。


「主上…」

「刹那と呼べ」

執務室で考えたことが頭から離れず、褥に入る頃になっても玲はどこか興奮していた。

「しゅ…」

「名を呼べと言うのに、なぜおまえはそうしない」

玲は黙って俯いた。刹那の赤みを帯びた瞳がわずかに不機嫌になるのがわかる。

視線を横に流し、かすかに頬に朱をはいて玲は小さく呟いた。

「あなたもまだ…、僕の名を呼んでいません」

刹那の瞳が見開かれる。思いがけない言葉に虚を突かれたようだ。

「な、なんだと？」

「まだ一度も、玲と呼んでもらっていません」

それがそんなに大事なことかと問われれば、どう答えていいかわからない。玲と呼ばれることや、刹那の名を呼ぶことに拘《こだわ》る理由は何もない。

けれど、事実としてそうなのだ。

「あなたはどうして、僕の名前を呼ばないのですか？」

わざわざ教えろと言ったのに…と小さく尖る玲の唇から、刹那はなぜか憮然として視線を逸らした。

「…そんなことはどうでもいい。それよりなんだ。何か言いたいことがあるのではないか」

言ってみろと急かされて、玲はため息を吐いた。

仕方なく、言いかけた話の先を口にする。

「剣を、お使いにならないのはなぜかと思って…」

玲をそばに置くことで、刹那も剣を使えるようになったはずだ。実際、我尺に促されて翠の暴動を剣の力で察知した。

けれど、それ以上の力を刹那は使おうとしなかった。

刹那はどこか疲れたような笑みを、その精巧な造りの顔に浮かべた。

「…まだ、恐ろしいのかもしれん。剣に触れることも、使うことも…。あれの力が、おそらく俺は怖いのだ。剣のない状態に、慣れたというのもある。それに…」

何かを言いかけて、刹那は視線を玲に向けた。

「だが、久々に打ち合いをできたのはよかった。そばに置いても、あれの気配に苦しめられることもないしな」

枕元の台座に収められた剣は、黄金の細工がきらめく鞘とともに静かな佇まいを見せている。

「おまえが現れ、また剣を手にする機会を持てて、俺は感謝している」

まっすぐ告げられて、玲は答えに詰まった。赤い瞳に浮かんだ柔らかな光にトクンと心臓が小さく跳ねる。

「…初めは、どこにいたんだって、すごく怒っていました」

「待ちくたびれて、腹が立っていたからな」

十五年だ、と濃い銀色の睫毛を伏せ、刹那は告げた。玲の不在が原因で、髪と一緒に銀に変わった長い睫毛だった。

「何をするにも剣の力の及ばぬことが枷《かせ》になる。怒りをぶつければ、鬼と呼ばれ恐れられる。この髪になってからは特にだ…」

立ち行かない政に苛立ち、不満ばかりが増大する民の声に応えきれず、消しても消しても上がる騒ぎの処理に追われる。いくら身を粉にして働いても国はいっこうによくならない。

「民の暮らしを守り、国をよくしてゆくのが俺の務めだ。それが、うまくゆかぬ」

鞘がなく、剣を持てないがために。

「おまえさえ現れていればと、何度も思った。この国の人間は十五になるまで州から出てはならないというのに、よりによって晶玉であるおまえがその禁を破ったと、そう思って苛立っていた」

「僕は…」

「ああ、律から聞いている」

刹那はかすかに笑う。

赤い瞳に苛立ちの色はなかった。かわりにあるのは、どこか慈愛に似た光だ。万物に対する信頼とも呼べる真摯な光が宿っていた。

「今は、それも何か意味のあることだったのかと思う。鞘を持たない俺が、剣に頼って鬼になるか、それともままならぬ人の王として、こうしてあがくことを選ぶのか、神は試しておられたのかもしれん」

王に相応しい覇気を持ち、剣の腕は右に出るものはなく、国と民の行く末を何より心にかけ、その上、神と見紛うほどの美貌にまで恵まれた男を玲は見つめた。鞘さえ手にしていたならば賢王と呼ばれた先代の王をもしのぐ稀代の名君となっただろう。

その男に、神が望んだこととはなんだったのだろう。

「執務室でおまえが言ったことを考えてみた。鬼の世の終わり、人の世の始まりに満ちる光」

何度か耳にした言葉を、刹那の声が囁く。

「剣を使うことが恐ろしいのは確かだ。だが、剣は本当に必要かと、考えることがある。おまえの話を聞いた時、その問いは俺の中でさらに大きなものになった」

剣の持つ力とは何か。

剣は本当に必要なのか。

その力で従わせることは、正しいことか。

「剣を使わずに世を治めてみよと、神はあえて、おまえを俺から隠したのではないだろうか」

鬼の力にも、神の与えた仕組みにも頼らず、自らの力で人の国を治めてみよと。

「阿修羅が叶えたのが鬼の世の終わりならば、人の世の始まりを叶えるのはいつだ。…今ではないのか」

野間沢郷の各地で起こる動乱や、玉州の少し離れた場所に飛び火する暴動など、小さな騒動は緋州公祥羽をはじめとする警備兵の働きで鎮圧されつつあった。攻撃というより威嚇に近いもので、怪我人を出すこともなく収められてゆく。

最初にこの国に流された時、玲が経験した騒ぎと同規模のものだ。

「暴動は、暮らし向きへの不満を形にしているだけだ。王の崩御の際には、天候が乱れる。先王の治政は長かったからな。その分ここ二、三年は長雨や日照りで稲の実りが悪かった」

税を軽減して、不作が続いた土地には米を回したものの、国庫にもそれほど余裕があるわけではなかった。賢王はよい王だったが、豊かになった国を体現しようと公共工事にも力を注ぎ、国には思ったほど蓄えがなかったのだ。

「石の橋を止めて木の橋を架ければやはり不満だろう。木の橋さえ架からない土地では生活が不便なままだ。だが、人足を雇おうにも、金も米も民に分け与えてしまって国の庫は空っぽだ」

暮らしはなかなかよくならず、民はどこかに不満をぶつけずにいられない。その相手に、鬼の王はちょうどいいのかもしれぬと言って、刹那は淋しげに笑った。

「石の橋を架けるために、どれだけの人足が汗を流すか知っているか。剣の力を使えば、報酬がなくとも民は従う。だが男手を取られて、残された家族はどうする。赤子を抱えた母親や子ども、年よりだけで、全ての労働を担うのだ」

そうやって鬼玉は国を整えてきた。

「剣の力を使えば…。確かに表向き国は豊かになるだろう。だが、それは鬼の世とどう違うのだろうと思うことがある。禁じたはずの呪術と剣の力とは、どこがどう違うのかと…」

鬼の世のように全てを奪うわけではない。生きられぬほどの労働を強いることもない。呪術のように、誰のためともわからぬ望みに利用されるわけでもない。流した汗は全て民自身のためにはなるのだろう。

だが、支配の力の前に、人は無抵抗の従順を差し出す。それは本当に正しいことなのだろうか。

「民が不満を表に出せるのは、悪いことではないと俺は思う。従えないと抵抗する者の言い分にも耳を傾けるべきだと思っている。形はどうあれ、不満がありそれを表に出せるのは、民が自らの暮らしに向き合うようになった証だ」

鬼の世では、民はただ従う他なかった。逆らうことも知らず、己の求めるものを知らず、知ろうとさえ思わない。何も考えずただ生きること、明日に命をつなぐことだけが全てだった。

刹那の言葉を、玲は瞳を逸らさずに聞いた。

鬼の力を借りた世ではなく、人が自ら治める世を模索する。この王は、神と同じ大きなものさしで国を見ようとしているのだろうか。


鞘はなぜ、異界である日本の鬼玉村に現れたのか。鬼門で閉ざされた遠い鬼玉村の、玲のもとに現れたのか。

鞘を持たない刹那を、王に選定したのはなぜか。

答えを探して見つけられずにいた問いに、刹那の言葉が少しずつ形を与えてゆく。

『神様にはきっと、何か考えがあったのよ』

木春菊村の由希の言葉が心に浮かぶ。

『神の采配は人知の及ばぬものだと、和国の残した歴史書にもありますし』

陽の言葉もそれに重なった。

(神の、采配…)

この男に人の世を託すための。

「ただな…、防壁や道や橋は、壊れれば直さねばならん」

防壁はもともと鬼同士が戦に備えて民に造らせた

ものだ。長い歴史の中で、鬼の手から逃れるために民自身が村々に造ったものも多い。始王が立って国を整える際に、各地にあったそれらを役場に定め、今もそのまま使われている。

その役場を民は攻撃していた。

「役人に石を投げるくらいなら、まだいい。だが、あの防壁を壊せば、そのツケは民自身に回る」

自然災害などに備えるためにも防壁は必要であり、それを補修するにはやはり人手が必要になる。

騒ぎの余波で土地が荒れ、道や橋が傷むことも多い。苦しいところに負担が増えれば、民の不満はまた大きくなる。

鼬《いたち》ごっこなのだ。

だから今は、警備兵を出してでも力で抑えるしかないのだった。

「いっそ直接、俺の頭でも殴りに来てくればいいのだ。力の足りぬ王が悪いと言ってな」

「でも、…主上のせいでは…」

「俺の名を呼ばぬのか」

瞳を見交わすと、心臓がトクトクと速くなる。体温が上がってゆくのがわかった。

なぜ名前を呼ぶことができないのか、自分でもよくわからなかった。律や延や由希、日本にいた頃も、何度も自分の名を呼ばれ、相手の名も呼んできた。

刹那、と心の中で王の名を思うと、それだけで泣きたいような気持ちになる。

「呼んでみろ。…玲」

初めて呼ばれたその響きに、トクンと心臓が跳ねる。

「玲…」

赤みを帯びた瞳が玲を見ていた。この男に呼ばれるだけで、また心が切なくなる。

髪に、刹那の長い指が触れる。

刹那…。心にその名が溢れる。

唇を開きかけたその時、枕元の台座の上で剣がキンと高い音を立てた。

「……我尺」

それきり、剣は元のように静かになった。

「翠で何かあったか」

剣を取って、刹那はその声に耳を傾ける。瞳の色が赤みを増し、わずかな皺《しわ》が眉間による。

「…どういうことだ」

声に迷うような響きがあった。その迷いを浮かべたまま、刹那は剣を台座に戻した。

――鬼…。

どこからか聞こえた声に背筋がぞくりと粟立ち、心に恐怖が忍び込む。

難しい表情で何か考えている刹那に、玲は不安な目を向けた。気付いて視線を上げた刹那の手が、強張った身体に伸びてくる。

軽く抱き寄せるようにされて、さらりと髪を撫でられた。瞳を伏せて俯くと、もう一度刹那の問いが落ちる。

「なぜ呼ばぬ？」

「…恥ずかしいんです。なぜかはわからないけど」

頬が熱かった。

玲の答えに、刹那はなぜか声を出して笑った。初めて聞く笑い声に驚いて、玲はさらに赤くなった。

「呼んでみろ。玲」

頬に触れた手で顔を上げられ、親指の腹に唇を撫でられた。泣きそうに顔が歪んで、刹那がまた笑う。

「なぜ泣くんだ」

「泣いてません」

玲は泣けない。玲の代わりに、いつも妹の珠里が泣いてくれたから…。


枕元の棚から、久しぶりにスマートフォンを手に取り、主電源を入れて待った。思ったより電池の残量があるのを確認して、少し安堵《あんど》する。

「その四角い板はなんだ？」

控えの間から戻った刹那が玲の手元を覗き込んで聞いてきた。相変わらずはだけた夜着が目の毒である。

家族の姿を映し出した画面を向けると、刹那は目を丸くした。

「肖像画か。小さいのによく描けているな」

しばらく眺めてから、珠里を指差して言う。

「おまえによく似ている」

「妹です…。双子の」

玲がいなくなって、珠里はどうしているだろうか。鬼玉村での切ない子ども時代を思い出せば、たった一人の妹が心配になる。

スマートフォンを玲に返しながら、刹那がぽつりと言った。

「律もよく、妹のことを恋しがっていた」

「律にも妹がいるんですか？」

「いると聞いたな。由旬の所に来たばかりの頃、あれはいつも妹に会いたいと言って泣いていた」

律は六歳で晶玉になったという。晶玉は公子が九歳の時に現れるので、律は由旬と三つしか違わないことになる。由旬は刹那より一つ上なので、律は玲より四つ年上ということになる。

ざっと計算してそれがわかると、玲は少しばかり衝撃を受けた。

「その頃、俺はまだ翠にいた。晶玉を迎える公子を見るために京華に呼ばれて、そこで律と由旬に会ったんだが、何しろ律が泣いてばかりで、そのことに少々驚いた」

家に帰りたいと泣き続ける律を、由旬はただひたすら慰めていた。それからずっと甘やかしているせいで、いつまでたっても律は子どもなのだと、呆れたように言う。

「家族というのは、そんなに恋しいものか」

問われて玲は顔を上げた。

公子は生まれた時から家族と離されるので、肉親の情を知ることがないのだ。

幼い頃には剣だけが頼りで、成長してからは晶玉がただ一人の家族になって公子を支える。

だが、刹那はそのどちらも持たなかった。

その上、ある時期からは鬼と恐れられ、人々に疎まれてきた。どんな気持ちで日々を過ごしてきたのだろう。

たった一人で…。

その孤独な王は、赤い瞳に深い慈愛を忍ばせて玲の手元を見ている。

そして囁くように聞いた。

「和国に帰りたいか」

帰りたい。それは今も変わらない玲の願いだ。

けれど、簡単にそれを口にできるほど、玲はもう、何も知らない異国の者ではなくなっていた。

俯いて、スマートフォンの電源を落とす。闇に沈む画面を、刹那の瞳が不思議そうに見ていた。

その瞳の赤さが増していることに、かすかに不安がよぎるが、すぐにそれは抱き寄せられた胸の温かさに紛れてしまった。

（刹那…）

その名を心に呟くと、どうしてか悲しく、玲は唇を噛んで瞼を伏せた。

寒い日が続いていた。

困ったような笑みとともに陽が休暇を願い出たのは、鈍色《にびいろ》の重い雲が空を覆い、今にも雨が降り出しそうな朝だった。

「申し訳ありません」

どこからか迷い込んだ仔猫《こねこ》を二匹、冷たい空気から庇うように手に抱いている。

「私にはここで仕事がありますし、世話を頼める者もおりませんので…。京華に住む友人なら、貰《もら》い手を探せると思うのです」

朝出かければ夕には戻れると言った陽に、刹那はゆっくりしてこいと告げた。玲が来てから一月余り、陽は休暇らしい休暇を取っていなかったからだ。

「お休みのこと、気付かなくてごめんなさい…」

配慮が足りなかったことを慌てて詫《わ》びた玲に、

「華玉はあまり手間をかけさせてくれませんから」

と陽は笑った。

着替えなど身の回りのことでは確かにあまり手を借りることはないが、いつも近くにいて何かと気を配ってくれる陽に、玲はずいぶん助けられていた。

陽も勤め人であるということさえすっかり忘れてしまうほど、頼り切っていたのである。

「本当に、何も気付かなくて…。どうか、ゆっくりして来てください」

重ねて言う玲に、陽はそばかす顔をほころばせた。

「ありがとうございます。では、今夜は友人の所に泊めてもらって、明日の夕餉までに戻って参ります」

ほっとして玲が笑みを返すと、陽も安心したように頷いた。そのまま仔猫の入った行李とともに京華の街に下るのかと思ったが、陽は何か言いたげに刹那のほうを見ている。

「まだ、何か？」

玲が問うと、普段の飄々とした陽には珍しくわずかに不安げな様子を見せ、迷うように言った。

「華玉…。主上の瞳の色が、今日はいつもより赤いように思うのですが…」

「え…」

卓子に向かう刹那の横顔を見ると、光の加減だろうかとも思うが、確かに以前より赤みが増したように見えた。

ふいに、冷たいものに背筋を撫でられた。

『俺の顔は、何かおかしくはないか』

数日前に刹那から問われた時、玲は『いいえ』と答えたが、あの時にもわずかに瞳が赤みを増したように思ったのだ。

我尺に促され、剣の力を使った日だった。鞘に収めた剣は刹那の心を喰うことはなく、他の公子たち同様、刹那は静かに声を聞いていた。

けれど、それからも刹那は剣を使いたがらず、その理由を聞いた玲に、今も剣が恐ろしいのだと言った。力を使うことへの迷いも確かにあるが、それとは別に、剣に心を喰われることを刹那は恐れているのだ。

三度同じ問いを口にしたあの夜、刹那は何を問いたかったのだろうか。

刹那の心が鬼に蝕《むしば》まれているとは思わないが、髪は元に戻らず瞳にも赤みが残ったままだ。その瞳が、赤さを増している。昨夜も剣の声を聞いたことを考えれば、力を使うことで封じた鬼が刹那の姿に影響しているように思えた。

鞘が安定しないことがいけないのだろうか。他の晶玉たちの鞘のように完全な鞘でないことが、封じた鬼を抑えきれずに刹那の姿を変えているのだろうか。心を明け渡さない刹那を、外側から喰らおうとしているのだろうか。

玲の不安を感じ取ったのか、陽が言った。

「できるだけ、今日中に戻ります。杖の残した記録が他にもあるはずですから、それを探して調べてみましょう」

だが、そう言って京華に出発しようとする陽に、女官の一人が声をかけた。

「笠を被って、蓑《みの》も着ていったほうがいいですよ。だいぶ早いけれど雷があるかもしれないって、日読み月読みが予報を出していましたから」

そして、今夜はどこかに泊まれるのかと聞いていいる。雷雨の中を戻るのは危険を伴うからだ。

戻るつもりだと言う陽に、玲は首を振った。

「無理をしないでください、陽。明日戻ってくだされば大丈夫ですから」

気を付けてと念を押して、玲は陽を送り出した。

数日来の寒さの中でも、この日は一段と気温が低く、陽が抱いていたふわふわした塊がかわいそうなことにならずによかったと思う。

そうして、芽吹いた不安を心の片隅に追いやった。刹那が剣を使わなければ、これ以上、瞳が赤くなることはないだろうと自分に言い聞かせる。

一方で不完全な鞘のことが重く心を塞いでいた。

午後になると、耐えかねたように灰色の雲から雨が降り始めた。気温はさらに下がり、夕方には霙《みぞれ》混じりの本降りになった。

我尺が翠から戻ったのは、その凍るような雨の夕暮れのことだった。

　氷雨の降る中、吐く息が白く漂い、墨絵のような世界に馬の背が弾く水滴が鈍く浮かび上がっていた。

　外宮の広場に整列した王師の兵は皆疲れ果て、誰もが重く口を噤んでいる。黒い鎧の一群に、シャリシャリと凍った音を立てて霙が降り続いていた。

「大儀であった」

　刹那の言葉に、我尺と兵が一斉に頭を下げる。

　出かける時には三十余りいた兵の数が、二割ほど欠けているように見えた。

　さらにその半数近くが負傷していることに気付いて、玲は息をのんだ。雨に濡《ぬ》れる晒《さらし》に滲むのは血の赤だとわかる。傷の形に添った染みの生々しさに身体が強張った。

　平和な日本で血を見る機会は多くない。寒さのせいだけではない震えが、玲の背中を這い上がった。

　武器を持って戦に出るということの意味が、改めて胸に刻まれる。

　報告は内宮の広間で受けることを刹那が告げ、兵馬を解散させた。我尺と数名の士官を残して、兵たちは重い足取りで宿舎に引き上げて行った。

　日が沈み松明が焚かれたが、雨の中、少し離れただけでその灯は闇の中に溶け込んで見えなくなった。世界は墨色に塗り込められ、雨だけが、銀の刃物のように光を弾いて落ちていった。

　炉に火の焚かれた大広間に士官が整列すると、刹那は我尺に聞いた。

「何があった」

　兵士たちの怪我は、予想を超えてひどかった。祥羽が率いる警備兵の中に怪我人が出たという報告は滅多に聞かず、たとえ聞いても自ら落馬したなど事故によるものがほとんどだ。

今回のように、戦闘で傷を負う者が何人も出る事態は尋常とは言えなかった。

髪から滴《したた》る水滴を手拭いで抑え、我尺は一つ息を吐いた。水に濡れて身体に張りついた軍用の装束からも雫が滴っている。

今年四十一になるという我尺は未だ壮健で、薄暗い灯りの下でも、刹那や由旬、祥羽に劣らず武人らしい立派な体軀を備えていることがわかる。知性や人間性とともに、公子として選ばれるに足る資質を備えているのだと感じさせた。

「剣の力で、ご覧にならなかったのですか」

「おまえの口から報告しろ。何があった」

我尺は、疲労を滲ませながらも淡々と答えた。

「野営中に、攻撃を受けました」

職業軍人の中でも精鋭と言われる禁軍の騎兵たちを従え、民を抑える警備兵の援護など容易《たやす》いと、どこかで高を括っていたという。

翠の暴動は単なる抗議行動ではなく、明確に王への反旗を翻すものだったと我尺は報告した。

明らかな謀反と聞き、刹那の表情が険しくなる。

「民は…、禁軍である我々に、憎しみを抱いていたように思います」

鉈《なた》などの殺傷力のある武器を手に、一斉に切りかかってきたという。油断していた兵の何割かが怪我を負い、残る者も相手の数に圧倒され、思うように動けず苦戦した。

それでも、訓練された兵たちはすぐに体勢を整え、間もなく制圧には成功したらしい。

ここで言葉を切った我尺を、刹那は眇めた目でじっと見据えた。

「民に、危害を加えたんだな…」

我尺は項垂れた。

それだけではなく、多くの民を謀反人として捕らえたと言葉少なに報告する。

刹那の表情に怒りが滲む。

反逆の罪は重い。神器によって選ばれた王や公子を弑《しい》することは、神に逆らうも同然だからだ。

「捕らえるなと言ったはずだ」

低く、鋭い言葉に室内が凍り付いた。雨音だけが広間を通り過ぎてゆく。

刑の重さは誰もが知っている。

自分に向けられた刃を反乱として扱うことを、刹那が許さないことも。単なる騒ぎだと位置付け、咎めることを禁じてきた。

だが、王師を襲い捕らえられたとなれば、それはもう騒動では済まされない。

明らかな謀反である。

「死罪は認めない。国外追放もだ」

「ですが、すでに…」

「手に職もなく国や土地を離れて、どうやって生きていける。残された者はどうする。反逆罪などというものは、始王の時代にはなかったものだ。後の王の誰かが定めた下らぬ法だ」

頭を下げたまま我尺が返す。

「それでも、法は法でございます。…あなた一人のお気持ちで、法を曲げることはできません」

どん、と刹那の長剣が床を打つ。

我尺を正面から睨み据えて、刹那が声を荒らげた。

「顔を上げろ。命に背いたおまえにも責任がある」

視線を上げた我尺の目が、刹那の赤い瞳と合い、その目に一瞬、奇妙な色が浮かんだ。疑問と反感、そして、嘲笑だろうか。

だが、我尺は再び頭を下げて、謝罪の言葉を口にした。

「申し訳、ございませんでした…」

我尺に注がれる刹那の瞳の色に、玲の胸は錐《きり》で突かれたような痛みを覚えた。

その目には強い怒りと疑念、そして焦燥が滲んでいた。

（どうしてそんな苦しそうなの…？）

睨み据えたままの我尺に、刹那は呟くような問いを投げた。

「なぜだ…我尺。何を望んでいる」

その言葉にも深い悔恨の気配が漂い、疲労の影が差していた。

玉座から立ち上がり、袍を翻した刹那が鋭く声を発する。

「祥羽！」

「はっ」

「勅使を立てろ。早馬を出して、翠に罪人の処分を保留させる」

御意、とひと言告げ、祥羽が足早に部屋を出て行く。我尺をはじめ帰還した者たちに、刹那は短く告げた。

「下がれ」

一礼し、下がってゆく者たちの濡れた衣を追う瞳には、自分こそ雨に打たれたかのような悲しみが浮かんでいた。

静まり返った部屋に、降り続ける雨音だけが響いていた。官吏やそば仕えの小姓も下がらせると、由旬が静かに口を開いた。

「刹那、この騒ぎはおかしい。翠は確かに不安定だが、罰を覚悟して謀反を起こすほど、民はおまえを憎んではいないはずだ。やはり、何者かが扇動しているんだ…」

「俺が玉座にあることで、民を傷つけたことに変わりはない…」

光沢のある漆塗りの黒い玉座に、崩れるように刹那は身体を沈めた。

「由旬、この玉座に俺を望んだのは誰だ」

「それは、神ではないのか。選定の塚がおまえを選んだ…」

「ならば、ここは神の国か。神が望めば、民に厭われる者でも王となってこの国を治めるのか」

「刹那…」

項垂れた王を由旬と慈雨が見上げる。軍事にかかわる席なので、律や蒼玉の姿はなかった。

刹那から離れられない玲だけが、壁に近い晶玉の席で待機していた。

「一人にしてくれ」

やがて呟かれた刹那の言葉に、由旬と慈雨も部屋を出て行く。残された玲に気付いた刹那は、重い足取りで剣台に行き、畳まれた麻布を手に取った。

「おまえも、今日は先に屋敷に戻れ」

剣を抜き、由旬の呪《じゅ》を施した麻布に包んで壁際の剣台に納めると、鞘を玲に差し出した。

不安になって見上げる玲の顔を映して、赤みの増した瞳がわずかに揺れた。

「護衛をつける。十分に注意して帰れ」


笠と蓑を着せられて、松明が雨に滲み闇が濃い内宮の庭を歩いた。

内宮も私邸も警備は万全なはずだったが、刹那の剣の届かない所へ出るのは間合いを教えられて以来初めてのことで、どうしても身体は強張り、不安に胸が騒いだ。

鬼玉へ来て一月あまり、玲は刹那のそばをほとんど離れずに過ごしてきた。その気配が近くにないことがこれほど心細いものだと、今さらながらに気付かされた。

今夜は陽もいない。見慣れぬ小姓が手にする明かりに足元を照らされて雨の中を歩いた。

竹で編んだ笠に雫が伝い、背後を歩く護衛が砂利を鳴らす音が耳に届く。その足音を聞きながら、玲は刹那のことを考えた。

騒動は誰かの策略によるものだと由旬は言った。

剣を失った公子や王は、力を持たない身で地位にあることに苦しみ、自らの存在が民に不利益をもたらすことを恐れて、死を考えるという。

刹那も剣の力を使えない点は同じだったが、鞘が生きていることから、死ぬことさえ許されなかった。

及ばない力に苦しみながら道を探り、生きるのは辛く苦しいことだったはずだ。それでも、国と民のために自分の全てを注いで歩いてきたのだ。

降ろすことのできない荷を背負い続け、やがてその先に現れるはずの新たな世の光を求めて、一人、歩いてきた。

鬼の世の終わり、人の世の始まりに満ちる光…。

その光を求めて。

そんな男を、なぜ鬼と呼ぶのだろうか。なぜ、恐れて弑することを望むのだろうか。

なぜ…、あれほど深く国と民を思う王を玉座から追ってはならないと、気付かないのだろう。刹那を失って、この国にどんな未来があるというのか。

——鬼の王。

(どうして…)

刹那を見る人々の目には、今も怯えが潜む。

心の中に植え付けられた恐怖が消えることはない。

——鬼の王を殺せ。

杖の声が人の心に忍び込み操るのだ。

笠の先から雨の雫がぽたりと落ち、それを追うように視線を落とした直後、息をのむ。

「……っ」

ジャリ、と背後の足音が乱れ、上げた視線の先に数人の人影が立った。

「華玉だな」

黒い面で顔を隠した五、六人の男が雨の降る暗闇に浮かび上がった。先を行く小姓の持つ提灯の灯りに、剣の切っ先が鈍く光る。

「華玉、お下がりください！」

背後の護衛が走り出るのと、面の男たちが向かってくるのは同時だった。振り下ろされる刃を避けて、玲の身体が砂利の上に転がる。笠が飛び、蓑が滑り落ち、目の前で護衛の剣が敵の剣を薙ぎ払った。

小姓が落とした提灯の火がジュッと音を立てて闇にのみ込まれる。

強くなる雨音と砂利の音だけが闇の中に響き、敵も味方も互いの気配だけを頼りに動き回っていた。

握りしめた鞘に気配を感じた瞬間、ビリッと電気が走り、間近で男の呻《うめ》く声がした。

「鞘を傷つけるのは無理だ…」

「華玉を殺《や》れ！」

面の男たちの一人が怒鳴った時、鞘の放った電気に導かれるように空に稲妻が走った。

一瞬照らし出された内宮の庭を、互いの位置を把握した敵と護衛が交錯して走る。

「華玉！」

盾のように、護衛が玲の周囲を固めるのがわかった。

再び強い稲光が空を覆い、内宮の全景が浮かび上がった時、奥の大きな建物から人が駆け出してくるのが見えた。

刹那…。

直後にバリバリと空気を切り裂く轟音が響いた。

それに重なるように二度目の雷鳴が鳴る。激しい雨の中で、砂利を弾く音と剣の金属音が交差した。

「玲！」

王の声に、剣戟《けんげき》の音が一瞬止み、空に三度目の稲光が走る。

照らし出される世界の中央に、銀の髪をなびかせた刹那の姿が浮かび上がった。

手には麻布で覆った剣を持ち、燃える炎のような瞳が怒りを湛えて敵を見据えていた。見る間にその目が鮮血のような真紅に変わる。

その赤さに、敵も護衛も動きを止めた。

ザアッと雨音だけが走り抜ける時間があった。


静けさの中、誰かの手から剣が落ちる。

カチンという金属音が、水を含んだ石の上に奇妙に響いた。

——鬼の王。

大気の中に恐怖の気配が満ち始め、雷鳴とともに次の稲妻が光った。

護衛の兵士が、剣を手にしたままじりじりと下がり始めた時、面の男たちの一人が剣を捨て、背を向けて走り去って行った。

砂利を蹴る音と水飛沫《しぶき》が遠ざかる。

そして、もう一度、空に鋭い雷が走った時、全ての敵と味方が顔を歪めて叫んでいた。

「鬼だ！」

その叫び声を雷鳴がかき消し、足音が一斉に離れてゆく。

闇の中、最後に残った欠片《かけら》のような言葉が玲の耳に刺さった。

鬼……。

ギラリとした光の下に、刹那の銀の髪と赤い瞳が照らし出されていた。鞘は翠玉の鞘に変わっている。剣に封じた鬼が刹那の目を赤く変えたのだと知り、玲は震えた。

かつて鬼に変わった刹那の手から、雷が剣を弾いた。その姿を思い出し、護衛までもが王である男を打ち捨てて逃げていった。

(どうして……)

望んで鬼になったのではない。

銀の髪を、赤い瞳を、誰よりも恐れ、忌むのは刹那自身なのだ。

砂利の上で雨に打たれ、玲は立つことができなかった。

膝を着いた刹那が、玲を抱き寄せる。

「怪我はないか」

その雨に濡れた衣を、玲は震える指先で強く握り締めた。

鞘を差し出すと、刹那が剣を収める。鞘は何事もなかったかのように華玉の鞘に戻った。

一人にしてはいけない。

自分だけはこの男から逃げたりしない。

抱きしめられて胸が軋《きし》んだ。

「悪かった。…恐ろしかったか」

刹那の問いに、玲は首を振った。恐ろしくはない。ただ悲しかった。

悲しくて、胸にあるただ一つの名を呼んだ。

「刹那…」

その名を口にすると、悲しみが湖になって胸に広がる。すぐに、それは愛しさと同じものだと気付いた。

「刹那」

「玲……」

かき抱くように強く引き寄せられ、その背を抱き返すと、頬を辿った唇が玲の唇を包み込んだ。

雨の中、何度も重ねた口づけに、玲は名を呼ぶことの意味を知る。

他の誰の名とも違った。記号として呼ぶ名ではなかった。

ただ一人、自分をこの世につなぐ相手の名を呼ぶ時、それは愛しさを伝える言葉になる。

互いを求める意味を持つ。

「玲…」

唇を離した刹那が玲の名を呼んだ。

「玲」

「刹那」

互いの名を呼べば悲しく、それ以上に愛しい。


濡れた衣を手繰り寄せ、玲は唇を求めた。冷たい雨に奪われる熱を埋めるように、温かい口腔《こうこう》を確かめ合った。

冷えた身体がカタカタ鳴るが、大きな身体に包まれて震えは小さくなってゆく。

「刹那…」

「玲…、俺の裡には鬼がいる。一度心を喰われて、鬼になった。その時の鬼がまだここにいるのだ」

玲の身体ごと刹那が自分の胸を示し、銀の髪を憎らしげに摑んだ。

「鬼は消えてはくれん。こうして、その血の証を残し、いつまでも身の裡に燻《くすぶ》る。いつ鬼が俺の心を喰い尽くすか、いつ俺の姿を鬼に変えてしまうのかと、ずっと俺は怯えている…」

完全な赤に変わった瞳を見上げ、玲は顔を歪めた。不安定な鞘では抑えきれない、あまりに強大な阿修羅の力に屈してしまいそうになる。

目に見えない大きな力が恐ろしかった。

けれど、玲が信じなければ、誰が信じるというのだろう。誰が、刹那を守れるというのだろう。

「刹那は、鬼にはならない…」

祈りを込めて言葉にした。

「ならない…。僕が、刹那を鬼にさせない…。させません。僕は刹那の、華玉の鞘だから」

たとえ不安定な鞘でも、他に刹那の鞘はないのだ。ならば、どんなことをしてでも、玲が刹那を鬼から守り抜く。

震える身体を刹那が強く抱きしめてくれる。その大きく孤独な背中を、玲も包み込んでやりたかった。

「何があっても、僕があなたを守ります」


翌日、それまでの暗赤色から鮮烈な赤に変わった刹那の瞳に、女官と小姓の幾人かが悲鳴を上げた。

黒い地の水盆に己の姿を映し、しばらく刹那はそこに立っていた。

「髪を梳きましょう」

普段と変わらぬ玲の声に、刹那は諦めたように座に近付き腰を下ろす。そして櫛を手に立っている玲を振り返り、腕を伸ばすと、小さな子どもが母親にするようにしがみついてきた。

玲は黙って、刹那のしたいようにさせた。胸の位置にある頭を両手で抱えて髪を撫でると、どこか安心したように刹那が話し始めた。

「玲、いつかおまえは、自分はものではないと言ったな」

「そうでしたか？」

「俺が無理に、おまえの身体を開かせようとした時だ。おまえにも心があるのだと言って、俺の手を拒んだ」

その時のことを思い出して、玲の心臓が忙しなく鼓動を打ち始めた。髪を撫でていた手が止まると、刹那は顔を上げて玲を見つめた。

「怖かったたか」

「あの時は……」

小さく頷くと、刹那は苦笑した。

「すまなかった。見つかった鞘が剣を収めても安定しないのは、おまえとの関係が弱いせいだと思ったのだ。手っ取り早い方法を取ろうとした……」

そう言って、再び額を玲の胸につける。長い不遇の日々に疲弊していた刹那を、今の玲は責めようとは思わなかった。

ふと、この男は幼い頃、こうして誰かに甘えたことはあるのだろうかと思い、心に小さな痛みが走った。叶うなら、自分がそばにいてあげたかったと思い、心に浮かんだ言葉を口にしていた。

「赤ちゃんの時から、あなたにこうしてあげられたら、よかったです」

だが、その言葉に刹那の肩がピクリと震えた。耳が赤くなり、奇妙な間が空いた後、いきなり玲から身体を離し憮然と言い放つ。

「さっさと髪を梳け」

「はい」

照れている王に玲は笑っていた。この国に来てから初めて浮かべた、心からの笑顔だった。

その日、我尺は朝議に姿を見せなかった。

恭の体調がかなり悪いのだと律が教えてくれた。我尺を翠に送り出したことで、恭の心には大きな負担がかかったのだろう。

見舞うこともできないほど今朝は衰弱していると聞き、玲も心を痛めた。

「いいほうに向かうといいんだけど…」

「うん…」

内宮でも官吏や兵のうち何割かが、刹那の目を見て顔を青くしたが、そのような相手は気付かないふりでやり過ごした。

多くの者が一度は刹那の真紅の瞳を見て驚く。だが、寄り添う玲が何も変わった素振りを見せないことを知ると、通常の態度に戻って行った。

公子たちは何も言わなかった。

朝議が始まり、翠の暴動について意見が交わされる。

「翠と玉に騒ぎが多いのは確かだ」

「ああ。だが、小さな不満を吐き出すことで、むしろ大規模な暴動に発展する危険は低くなっているように思うな。剣の力で抑えている州のほうが、均衡が崩れると怖いというか…」

由旬の言葉に慈雨も頷いていた。

「私も、今は蒼州を抑えるほうが難しいと感じています。剣を使うことで民の不満を排除してきたけれど、それは正しいことなのか疑問を持つようになって…。でも、今はまだ剣を捨てる勇気は持てないわ。一気に不満が爆発するのが恐ろしいの」

「確かに緋州も似たり寄ったりなのかもしれん…。橙もそう大きな違いはないと思う」

「だが、翠は…」

結局、翠の暴動は誰かの扇動によるものではないかと疑う声が強かった。

刹那が問う。

「和国の行方は、何かわかったか」

「これといった情報はないいな」

祥羽の答えを聞き、刹那は少し考えているようだった。そして、警備や人探しを担う祥羽にではなく、由旬に向き直って探るように聞いた。

「和国を探せるか」

由旬の表情が変わった。

「杖に、やらせるのか…？」

呪術を使うのは王に許された場合のみだ。

由旬の杖は先王の命で翠玉である玲を探し続けたが、そのためだけに由旬は杖を継いだと言っても過言ではなかった。

無事に玲を見つけた今、杖は厳重に紫州の蔵に保管されている。頻繁に杖の力に頼ることは、きわめて危険だからだ。

それを踏まえた上で、刹那は改めて由旬に言った。

「これ以上、犠牲を出すわけにはいかない…。頼む」

「わかった。やってみよう」


呪術が関係していることが濃厚になった今、和国を探し出して確認しなければならないことが多く、それらは急を要した。

翠で起きたような事件は、二度と繰り返されてはならない。

慈雨が由旬を見て口を開いた。

「呪術者は、和国と由旬殿の他にはいないのかしら」

「どういう意味ですか？」

何か考え込むようにしながら、慈雨は言葉を選んでいる。

「和国の声は、私も若い頃に聞きました。杖の声ですから、聞くと言うより、いつの間にか心に言葉があるという意味ですけど…」

それでも、声には特徴がある気がすると慈雨は言った。少なくとも、由旬が鞘を探した声と和国の声は違っていたように思うと。そして…。

「数年前から心に入り込んでくる声も、そのどちらとも違うような気がするの。野菊《のぎく》はどう？」

振り返って慈雨が聞くと、晶玉である野菊は、自分もそんな気がすると答えた。

「和国が先王の前から姿を消した頃、別の杖の所在がわからなくなったという記憶があるのよ。結局、杖に選ばれた者が継ぐことを拒んだせいで消滅したのだろう、ということで落ち着きはしたけれど…。本来ならその場合も届けは出すことになっているでしょう？　だからずっと気になっていて…」

届けを出さずに杖を継いだ者がいるのではないかと、慈雨は心配しているようだった。

これには、由旬が驚いて聞き返した。

「呪術そのものが禁じられているのにですか？　届けを出さずに杖を継ぐことは大罪ですよ。そんな大それたことをする者がいるでしょうか」

由旬の言葉に「そうよね」と同意しながらも、慈雨の表情は晴れなかった。

刹那はじっと、その不安げな顔を見ている。

「いずれにしても、和国には一度会わねばならない。由旬、頼んだぞ」

御意と、由旬はしっかりと頷き頭を下げた。

遅い夕餉に帰ると、陽がすでに戻っていて、慌てた様子で駆けて来る。

「華玉！」

「陽、おかえりなさい」

「昨夜、襲われたと聞いて…」

「心配しなくて大丈夫です。怪我もありませんし…」

そうですか、と胸を撫で下ろした陽だったが、刹那の瞳の色に気付くと表情を曇らせた。

玲は話題を変えた。

「仔猫はどうなりましたか」

「お陰様で、無事に貰い手がつきました」

陽の顔に笑みが戻り、玲も微笑んだ。

「よかった…」

「あんな小さいうちに親と離れて辛いでしょうけど、どこに貰われても、そこで生きていくしかないですからね。頑張って幸せになって欲しいです」

陽の言葉にふと、小さな猫たちでさえ運命の嵐の中で懸命に生きているのだと気付かされた。

それから陽は、着物の袂《たもと》から何か取り出す。

「華玉、これを」

卓子に置かれたのは和国の歴史書のようだ。

「先日、華玉に献上されたものは、紙質はともかく内容はかなりよいものでした。巻数もしっかり揃っていましたし…。ただ、これは少し特別な巻なのです」

女官から譲られた冊子は六巻で、由希から聞いたとおりならそれで全部のはずだった。だが、陽はそれに続く七巻を見つけて来たと言う。

「歴史書は全部で六巻じゃないんですか」

「完成しているものだけなら六巻までです。七巻はおそらく国の書庫にもないはずです」

和国が姿を消す直前に書かれていたもので、未完であるばかりか長くその存在を知られていなかったために、幻の七巻と呼ばれているらしい。写しもほとんど存在しないのだが、陽の京華の友人に収集家がいて一冊所持していたのだそうだ。

「私が写しをしましたので、文字はその…、あまり見栄えがしませんが、読めないことはないと思います」

陽の言葉に玲は驚いた。

「一日だけのお休みだったのに、陽は本の写しをしていたのですか」

「ちょうど友人がこれを持っていたものですから…。未完ですので長くはありませんし。それより華玉、その巻の最後のほうに、目を通してください」

「今ですか？」

「晶玉なしで塚の選定を受けた王のことが書かれているんです。途中で終わってはいますが…」

陽の言葉に玲は目を見開き、示された部分をすぐに読み始めた。玲が目を通し終わると陽は説明した。

「和国は、なんらかの理由でこの項の途中で姿をくらましてしまったのです。ですが、和国はこの後も杖からの聞き取りは続けたのではないでしょうか。この最後の項に書かれている王のその後を、和国は知っているのではないかと思うのです」

晶玉が不在のまま選定を受けた王が過去にもいたのだ。その剣と鞘がその後どうなったのかを知ることができたら、あるいは玲の鞘も完全な力を得ることができるかもしれない。

「もし、鞘が今のように不安定でなくなれば、刹那はもう、鬼に心を喰われずに済むのでしょうか」

赤くなってしまった瞳の色や、銀のままの髪が戻らないとしても、この先、姿だけでなく、いつか心まで蝕まれるのではと怯えずに済むのなら、玲は刹那のために完全な鞘を手に入れたいと思う。

陽は、何か不思議な顔をして玲を見ていた。玲が見つめ返すと、そばかす顔が柔らかくなる。

「主上を、お名前でお呼びになりましたね」

はっとして、玲は口を押えた。

「いいことではありませんか。昨夜は大変だったと聞きましたが、よいこともおありだったようで安心しました」

不在の間に玲が襲われ、刹那の瞳がいっそう赤くなっていたために、陽は先ほどまでかなり動揺していた。飄々としてどこか食えないところのある男だが、やはり生身の人間だったのだと思っていたところだ。

その陽が持ち前のどこか悟ったような顔で微笑む。

「主上には、あなたが必要です」

いつかの言葉を繰り返し、何かに感謝するように陽は深く頭を下げた。


完全な赤に変わった瞳を恐れたのだろう。どうにか刹那に仕えていた最後の小姓が、とうとう暇を取ってしまった。

「おまえは自分で着物を着ることができるのか」

刹那に問われて、玲は頷いた。

「では、俺にも着せろ」

居丈高に命じる王に玲は面喰った。本当に、この男は自分で着替えができないのだ。

思えば、今のように小姓に恐れられる姿になったのは三年前のことだ。それまでは、剣の力を使えないとはいえ、公子として多くの者に仕えられてきたはずで、着物を一人で着られなくとも不思議ではなかった。

人にものを頼む時の言い方も、今さら教えても無駄だろう。

「わかりました」

ため息交じりに笑って引き受ける。

しかし、玲もそう慣れているわけではない。人に着せるとなると、自分で着るのとは少し勝手が違う上、王の着物は華玉のものよりずいぶんと複雑だった。

背の高い刹那の周りを、もたもたと動き回っていると、ふいに髪に手を触れられる。

問うように見上げると、赤い瞳がじっと見下ろしていた。その奥に宿る熱に息が止まる。

慌てて離れようとする腕を摑まれ、はだけたままの胸に抱き寄せられた。耳が千切れるほど熱くなり心臓が肋骨《ろっこつ》の内側で暴れる。

「せつ…」

上向かされて、唇が重なった。

歯列をこじ開けた舌が、ひとしきり口腔を舐《な》め、ようやく離された時には息が上がっていた。口づけを解いても、刹那は玲を離さなかった。抱き寄せたまま髪を撫で、また思い出したように口づける。

「…着物を」

やっとそれだけ告げて腕を解き、どうにか小袖と下襲を整えるが、袍は結局羽織るだけになった。


髪を梳き始めれば、指を取られて口づけられた。

言葉ではなく行動で示される情愛に、経験のない玲は戸惑い、動揺し、赤くなって硬直するしかなかった。

そして、無言で抱きしめてくる刹那の、赤みを増した瞳の奥に、どうしてか悲しげな気配を見つけて不思議に思っていた。

袍を羽織って立つ広い背中に、以前と変わらない孤独な強さを見つけると、玲は寂しいような気持ちになった。

一人で生きることを選んだような背中を玲は守りたいと思った。

夜も更け、御簾の奥に入って、棚の上のスマートフォンを手に取った。

(珠里…)

電源が入るのを待ち、いつも一番近くにいた双子の妹に問いかける。

（僕が帰らなかったら、珠里はどうする？）

大人たちの迷惑そうな視線や、仲間に入れてくれない村の子どもたちの顔が脳裏をよぎる。堂々としていなさいと祖母に言われ、二人でつなぐ手に力を込めてやり過ごした日々は、今も胸に残っていた。

その手を離しても、もう自分たちは歩いて行けるだろうか。

一番苦しい時を、玲は珠里と支え合うことができた。珠里にも玲がいた。

だが、刹那はずっと一人だ。

赤い瞳が瞼に浮かび、珠里の薄い茶の瞳がそれに重なった。

帰りたいと思う気持ちがなくなったわけではなかったが、それでもただ、玲は思った。

刹那のそばにいなくてはならない。

いや、刹那のそばにいたい。

それが自分の生まれてきた定めのように、その思いは楔《くさび》となって強く心に打ち込まれ、やがて最初からそこにあったものとして、この世に玲をつなぐ支えになってゆく。

日本にいても、鬼玉という国にいても変わることのない、自分がなぜ生まれてきたのかという問いの、ただ一つの答えとして心に収まった。

刹那のそばにいたい。いなくてはならない。

玲は刹那の鞘。鬼に魅入られた王の、華玉の鞘なのだ。

半分に減った電池の表示を見て電源を落とすと、目を閉じて故郷の鬼玉村を思い浮かべた。疎まれ厭われていても、祖父母や珠里と暮らす村を玲は嫌いではなかった。

深い緑の山、小さく区画された畑、澄んだ水が流れる川のほとりや、日に数本バスが通るだけの曲がりくねった県道と、その脇に咲く花たち。

タンポポと菜の花と蓮華《れんげ》、そしてマーガレット。

祖母と同じ名を持つマーガレットの花が村のあちこちに咲いているのを見ると、ただそれだけで、玲も家族もたくさんの理不尽を許すことができた。

背後で御簾が上がり、振り返ると、刹那の赤い瞳が玲の手元を見ていた。

夜着の裾を捌《さば》いて玲のもとに寄った刹那が、腕を伸ばしてきつく抱きしめてくる。息を止め、泣きたいほどの切なさで抱き返した。

そのまま、刹那はただじっと玲を抱きしめていた。

「刹那…？」

小さく問うと腕が解かれ、深い情愛に満ちた、それでいてひどく悲しげな赤い瞳が、玲の手にした四角い機械を見つめた。

そして、銀の睫毛でその瞳を覆い隠すと、刹那はそっけなく言うのだ。

「明日も早い。もう休め」

昏が欲しいと告げることができずに、玲はただ俯いて、おやすみなさいと呟くしかなかった。


呪術師の杖ははるか太古の時代から存在した。

永遠の命を持つ鬼が長く人を支配していた時代、呪術師には二種類の者がいた。

鬼に苦しめられる人間を助ける者と、鬼におもねり利用される者だ。

前者は鬼に狩られ、後者は重用されたため、生き残ったのは鬼とともにあった呪術者たちであり、その心はすでに人であって人ではなかった。

その結果、呪術は人を助けるためではなく、苦しめるために多く使われるようになったのだ。

「だから、始王は呪術を禁じたんだ。でも、杖も剣と同じように道具に過ぎないんだから、呪術がいいものになるか悪いものになるかは使う者次第なんだよ。呪術師の力と、杖の持つ能力との総合力で、それは決まるんだ」

律が力説していた。由旬が杖を使うことで、人から誤解されるのを、律は危惧しているようだ。

公子たちは、今日も執務の合間に手合わせをしている。

剣や鞘が神器であるのに対し、杖はいつどこから発生したのかもわからない異端の道具らしかった。その由来も、存在意義も、剣や鞘とは異なるという。

人の心に影響し操る、禁じられた力。

けれど、その力は驚くほど剣の持つ力に似ていた。

剣が資質のある者を選んで現れるのに対して、杖は全く気まぐれに持ち主を選ぶ。だが、その点を除けば、人の心を探り、それを従わせる力として、両者に大きな違いはないように思えた。疑問や抵抗を消し去り、従順を求めるのだ。

いつか陽に尋ね、自分で考えるようにと言われたいくつかの問いが頭に浮かぶ。

力とは何か。

剣にはなぜ鬼が封じられているのか。

そして…。呪術が禁じられているのはなぜか。

一方で、心の隅に溜《た》めこんだ多くの疑問が、その存在を主張し始めていた。

鞘はなぜ、異界であり、鬼門で閉ざされた遠い鬼玉村の玲のもとに現れたのか。

そして、鞘を持たない刹那を王に選定した理由はなんだったのか。

それらを、陽や由希が口にした「神の采配」という言葉をもとに、一つ一つ組み立ててゆく。

飢える者がなく、子どもが教育を受け、重い流行病を出さなければ、時間はかかっても国は前に進む。

そこに剣の持つ支配の力は必要ない。

紙の豊かな国。教育…。

支配する者にとって、民は愚かなほうが扱いやすい。その民に与える文字と教育が意味することはなんだろう。

人の世とは、どのような世だろう。

玲の中に、答えはすでに用意されており、それは徐々に像を成し始めていた。

鬼の世の終わり、人の世の始まりに満ちる光。

その言葉を口にした時、刹那はこうも言った。

『阿修羅が叶えたのが鬼の世の終わりならば、人の世の始まりを叶えるのはいつだ。今ではないのか』

それが、答えだ。

そこまで考え、ため息を吐く。

それでもまだ、刹那の裡には鬼がいるのだ。剣に封じられた強大な力が、隙さえあれば刹那の心を喰らい鬼に変えようと狙っている。

(どうしたらいい…？)

完全に鬼を封じる鞘を、手に入れなければならない。

和国が持つ知識が欲しかった。陽が探してくれた和国の歴史書の、その七巻の先にある物語を知りたい。晶玉が不在のまま選定を受けた王の、その先にどんなことが起きたのかを知りたかった。

「杖はどうやって、鞘や呪術師を探すんだろう」

「心を読むんだよ。杖っていうのは基本的に人の心に作用するものだから、その記憶を集めるんだ。玲がずっと見つからなかったのは、実際に誰の目にも、晶玉としての玲の存在が映らなかったせいだよ」

鬼玉の歴史も、杖の記憶した膨大な人の心を和国が引き出して書き起こしたものだという。

杖はそのように使うこともできるのだ。

「人を扇動するのなんて、杖には得意中の得意だろうけど、呪術をそんなふうに使う者がいるから、せっかくの杖を誰も継がなくなるんだよ」

かつて杖は鬼と同じ数ほど存在したらしいが、それが今やたったの二本である。

(二本…)

本当に、杖はそれだけなのだろうか。

律の中にも同じ疑問が浮かんだのか、ぽつりと呟いた。

「慈雨ばあちゃんが心配してたことだけど…」

「うん」

「もし、三本目の杖があるなら、和国だけじゃなくそれも探したほうがいいよな」

「そうだね」

「杖を黙って継いだ奴がいたら、それは本当に恐ろしい奴だと思う」

険しい表情で言って、律は中庭に目を向けた。

「我尺は今日も来ないな…」

朝議には顔を見せていたが、その合間の休憩時間には屋敷に戻っているらしかった。

恭の具合がかなり悪いのだろうか。

「恭さん、大丈夫かな…」

公子と晶玉の結びつきは強く、唯一の家族として、姉妹や兄弟や、時には親子のような、あるいは恋人や夫婦のような情を交わすという。

どんな結びつきであれ、危険な場所に相手を送り出すことは辛い。我尺を翠に送り出して以来、恭の心身は衰弱したままなのだ。

置いて行かれるくらいなら、一緒に行ったほうがまだいいような気もする。けれど…。

（戦……）

怪我を負った兵の姿を思い出し、背中を冷たいものが伝った。ついていけば、剣という大きな刃物で人が切り付け合う場に、自分も立つのだ。

「律は戦に行ったことある？」

何気なく聞いた玲に、律が飛び上がる。

「あるわけないよっ」

あまりに驚くので、玲のほうがびっくりしてしまった。

「晶玉は武人じゃないし、万が一命を落としたら鞘が死ぬ。鞘が死ねば剣も死ぬだろう。公子にとって剣を失うのは何より避けたいことだから…」

鞘が死ねば、剣も死ぬ。

剣を失うことは、公子にとって何より辛く苦しいことだ。晶玉とともに失えばなおのこと。

「公子のほとんどは武人としてかなり腕が立つから、倒そうとして直接挑んでも無駄だ。万が一公子の命を狙いたいなんて不届き者がいたら、きっと晶玉を狙って公子を絶望させるな。剣が死んでも公子は死なないけど、今までの公子はみんなすぐに…」

ふと、律は玲のほうに視線を向けた。

「…だから、玲を狙ったのか」

鞘を殺し、鬼を封じた剣を殺すために。あるいは鬼に変わりかけた王そのものを、絶望に追い込むために。

いつ鬼に変わるとも知れない男を玉座に据えては置けないということか。

鞘を失い、剣を失った王が自らその身を滅ぼし、新たな王を迎えることを望んでいるのか。

北からの風に、刹那の銀色の髪が舞った。乱れた袍が風をはらんではためいている。赤い瞳を持つ異形の王。鬼の…。

けれど…。

大地に足を踏みしめ、まっすぐに立つその男は、揺るぎなく、流されず、確かな目で国の今を見ている。未来を示す小さな光を求めて、一人懸命にもがき苦しみながら。

あれほどの男を王に頂きながら、それを玉座から追おうというのか。

なんと愚かな考えだろう。

「鞘がもっと安定していれば問題ないんだろうけどな…」

律の言葉に頷きながらも、玲は言った。

「だけど、剣を失くしても、きっと刹那は王を続けるよ」

人の世の始まりに満ちる光。その光を見ている男は、支配の力を失ったくらいで国を捨てたりしない。剣の力などなくとも、王として力を尽くし、民の幸せと未来のために生きるだろう。

そう確信しながら、支配の力は望まないだろうが…と考える。

(でも、剣を失えば刹那はまた一人になる…)

それはやはり悲しいことだと思った。

玲は、もう二度と、刹那を一人にしたくなかった。

「だけど、今の鞘の状態だと、刹那が戦に出る時や、戦じゃなくてもどこかに遠征する時には、玲もついてかなきゃならないのかな…」

そうなるとちょっと嫌な感じだな、と律が眉を寄せる。

「気を付けろよ、玲」

律の言葉に、玲は深く頷いた。

刹那を弑するために鞘を狙う者がいるとしても、

その思惑に嵌《はま》り、利用されるわけにはいかないと心に刻む。

薄日の下、冷たい風に律が身を縮める。

「今年は春が遅いな」

由旬の杖が和国の所在を知らせたのは、それから三日後のことだった。

和国が見つかったのは、翠の九ノ沢郷の外れにある三杉村《みすぎむら》という小さな村だった。我尺が向かい、大きな犠牲を生んだ地とは目と鼻の先である。

朝議の席でその知らせを受けた時、一番驚いたのは我尺だった。

和国への勅使として今度も自分が向かいたいと願い出たが、刹那はそれを退けた。身体の不調を押して同行していた恭が、玲たちのそばで悲しげに首を振っていた。

我尺を残すのなら誰を向かわせるのかと問う公子たちに、九ノ沢郷へは自ら向かうと刹那は言った。

「おまえが行くのか」

由旬と祥羽が同時に聞いた。その顔には深い懸念の色が浮かんでいる。

「直接和国に会って、確かめたい。和国が杖の力を使っているのなら、なぜそんなことをするのか理由を知りたい。使っていないのであれば、意見を聞くことができるのではないかと思っている」

「剣はどうする」

少しの逡巡《しゅんじゅん》の後、刹那は玲を見て言った。

「置いていく」

「無茶だ!」

公子が手にすることができるのは自らの剣だけだ。

大きな騒ぎがあったばかりの九ノ沢郷周辺は、現在警戒区域になっている。謀反による逮捕者が出たことで、民の間にあった不満が大きくなっているのだ。

そんな不安定な場所で、何か起きた時には身を守る術がない。

「兵が同行する。和国に面会するだけだ。心配するな」

だが、公子たちは王の言葉に従わなかった。

「危険過ぎます」

「取り返しのつかないことが起きてからでは遅い」

遠慮のない言葉が由旬の口から出る。

「ただでさえ、おまえは嫌われ者なんだぞ」

「では、どうしろと言うのだ」

我尺か由旬に行かせてはと言う公子たちに、刹那は首を振る。

「和国には俺が会う。これは、人に任せていいことではないように思う」

杖の力に関係する。それだけでなく、刹那に対して謀られた乱逆《らんぎゃく》に通じる可能性があった。それらは今の鬼玉にとって最も大きく重要な問題なのだ。

和国がかかわっているのかどうかも含めて、自らの目で確かめたいのだと刹那は言った。

「だが…」

由旬も祥羽も眉間の皺を解かない。

「…ならば、晶玉をお連れになり、剣をお持ちになってはいかがか」

我尺の言葉に恭がはっと顔を上げる。

晶玉が軍と同行するなど前代未聞だと室内が騒然となった。誰もが眉をひそめ、あるいは不安な表情を見せていた。

しかし同時に、刹那が出る以上、今の状況では他に方法がないこともわかっており、その場に集まった人々の間に困惑が広がっていった。

公子たちを含め、ほぼ全員の視線が玲に向けられた。最後に刹那の赤い瞳に見据えられ、玲はその目に向かって頷いた。

「お供します」

晶玉たちが息をのみ、律は玲の着物の裾をぎゅっと握った。

刹那は何も言わずに、玲を静かに見つめるだけだった。

華玉を伴って危険な地に赴くことに対し、官吏も含めて長い議論が交わされたが、最終的に玲が必ず刹那の剣の間合いに置かれる点を鑑みて、ようやく了承の方向でまとまった。

「念のため、小隊一個を伴え」

祥羽の進言を刹那は受け入れた。前回の派兵で翠に残した負傷兵があり、その一個小隊には彼らを連れ帰ることも任務に加えられた。

こうして翠への遠征が決まった。

多忙な刹那にはまだ伝えていなかったが、和国の歴史書の続きを聞くことは、鞘を完全なものにする可能性を持つ。翠に同行し和国に会うことは、玲にとってもとても重要な意味があった。

朝議が一段落する頃、あまりに辛そうな恭に律が声をかけた。

「恭さん、大丈夫ですか」

弱弱しく頷いた恭は、今にも消え入りそうに儚い姿をしている。やつれはててもなお妖《あや》しいほど美しかったが、同時にひどく悲しげでもあった。

「弱い晶玉ならば、いっそ、いないほうがいいでしょうね。晶玉の役目は公子の力を抑えることです。それができないなら、鞘としての価値はありませんから…」

鞘は剣より強くなければならない。

どんな強い力も、それを制御できなければ危険なものになる。制御することで力は初めて生かされるのだ。

薄くなった身体を腕で包み、恭は震えていた。目に宿る悲痛な色が恭の心労の深さを物語っている。

「力を抑えられないのなら、その力を使わせてはなりません。私のような弱い晶玉は、死んだほうが…」

「恭さん！」

言っていいことと悪いことがある。律は年上の恭に強く意見した。

「そんなこと、二度と言っちゃだめです」

けれど恭は、ただ悲しげに淡い睫毛を伏せただけだった。


貧富の差の少ない鬼玉でも、王都が置かれ政治の中心である中央の玉州とそれ以外の州では、暮らしぶりに違いがあった。内陸部にありながら湖水や地下水源に恵まれた玉州は、気候もよく干ばつや冷害の影響を受けにくい。それだけでなく、王都の暮らしを支えるためのさまざまな産業も、国の中では豊富だった。

一方、翠の北方に位置し、玉州との州境にある九ノ沢郷は山際に小さな里が点在するだけの辺境の地で、州境を流れる川は九ノ沢郷側にばかり氾濫を繰り返していた。隣り合う玉州の豊かさを目の当たりにしながら、人々は厳しい暮らしを送っていたのである。

その九ノ沢郷で暴動が起き、土地が荒れただけでなく多くの民が捕らえられた。重い刑が下されることがないよう沙汰は現在保留されているが、家族と離された者の不安は大きいはずだった。

翠に在った頃の刹那は、それほど民に疎まれてはいなかったというが、この三年の間に状況はずいぶん変わってしまったようだ。

和国に会うためとはいえ、今、刹那が翠に向かうことは、やはり危険なことらしかった。

髪を梳く玲の手を取って、刹那は自分の正面に導いた。

「本当に、翠に行くのか」

玲は黙って小さく頷いた。

「王都を空けられるのは十日までだ。馬車は使えない。軍の行程だ。辛い旅になるぞ」

「大丈夫です」

力仕事を知らない玲の指を、刹那の長い指先が包んだ。この国で綺麗な指を持っていられるのは晶玉くらいだと言うが、日本で育った玲の手は、その晶玉以上に生活の辛さも危険も知らないものだった。

「暴動が起きないという保証はない」

刹那の言葉を玲は胸に噛みしめた。

武器を持って出るということの意味をもう一度頭の中で考える。

赤く血を滲ませた兵の晒を思い浮かべ、間合いを教えられた際の、長い刃物が自分に切り付けてくる恐怖や、雨の中で襲われた時のことを思い浮かべた。

「怖くないのか」

「…怖いです」

声が震えるのを抑え、弱い自分を叱咤する。

(もっと、しっかりしなきゃ…)

膝の上に抱き寄せられ、銀の髪が落ちる肩に額を預ける。刹那の手が玲の背中を迷うように、ゆっくりと撫でた。

「おまえを危険な地に連れて行きたくはないが、置いてゆくのも心が騒ぐ」

城内で玲を狙う者がいたことも、刹那を悩ませているようだった。

「だが、おまえは晶玉だ。怖くて当たり前なのだ。無理はするな」

その言葉に、玲は今度こそしっかりと答えてみせた。

「いいえ。行きます」

刹那の腕に力がこもり、玲をしっかりと抱き寄せた。重なる胸の温かさを感じ、目を閉じて思う。

一人で行かせるくらいならと…。

身を守る武器さえ持たずに、危険の中に刹那を送り出すくらいなら。

この男を失う恐怖を胸に、柔らかな真綿に包まれているよりは、たとえ血の海に身を置こうともそばにいようと心に誓う。

剣と鞘とは離れてはならぬもの。

玲は、刹那の鞘なのだ。


梅の蕾が、北からの風に身を竦める。

ひときわ気温を下げたその朝、刹那と玲を含む王師の一個小隊が翠に向けて旅立った。

花ノ宮郷を出て東に進み、途中、最初に玲が流れ着いた野間沢郷を通り抜け、さらに一つの郷を抜けた先に翠の九ノ沢郷はある。

州都より北方に位置する九ノ沢郷へは、王都から整備された街道は通っていない。広大な平野を横切り、切り立った山を越えてゆく。

宿に寄ることもなく、春を迎えぬ野に陣を張って進む旅は、刹那に言われて覚悟した以上に、楽なものではなかった。

刹那の馬に同乗しての三日間、慣れない馬の背に揺られて玲は内心悲鳴を上げた。刹那に支えられていても、他の兵と同じ速度で疾走する馬からは、いつ落とされてもおかしくない気がして、恐怖で身体中が強張っていた。

夜になって馬から下りても、ばらばらに壊れそうな身体の痛みが去ることはなかった。

だが、厳しい行程を行くのは玲だけではないのだ。せめて足手まといにならぬよう、黙って白馬の背に揺られ続けた。

切り立った山道を駆け降りる馬の背で気を失いかけた後、玉と翠との州境にある川が遠くに見える平野に立った。

流れの速い川がいくつも大地を横切っている。

九ノ沢郷へは、その名の通り九つの沢を渡って進むが、沢とは名ばかりで、実際に近くに行くと川幅のある急流が目の前に横たわっていた。

架けられた橋のうち、半分は崩れ落ちている。

橋のない川を、兵士が馬の手綱を引いて渡る。深さはそれほどでもないが、雪解けの混じる水は凍るように冷たく、兵士たちの唇を紫に染めた。

刹那の唇も青い。玲は馬の背に乗せられたままで、自分一人そこにいるのが申し訳ない気持ちになるが、下手に足でも滑らせて流れに攫われれば、余計に迷惑がかかるのだ。居心地の悪さに堪えて、刹那の指示に従うよりなかった。

川を全て渡り切ると、そこが翠だった。

石だらけの荒れ地と、うっそうとした草叢《くさむら》ばかりが目立つ暗い風景が広がる。

朽ち果てた茅葺きの家、粗末な藁を掛けただけの小屋、そこが人の住む家であることを、力なく昇る細い煙が教える。

王都に近い玉州の野間沢郷でも、その暮らしは慎ましいものだった。城にいれば衣食住に困ることはないが、玉州であの暮らしならば、他州の暮らしはそれよりさらに質素なものでもおかしくない。

「翠は貧しいだろう」

ため息のような刹那の呟きが、玲の臓腑に重く沈み込む。

「今渡ってきた川の橋のいくつかは、先王の崩御の後で流された。補修を望まれているが、計画はまだ先だ」

この土地に人を集める算段が立たない。

食べるのに精いっぱいの手を、他のことに駆り立てる余裕がないのだった。

玉州に渡るには荷馬車は遠く下流まで行って迂回《うかい》するしかない。州境にありながら、この村に恩恵が巡ることはなかった。

橋が使えれば、また違ってくるのだろうが、結局、ここでも堂々巡りだった。民の苛立ちは、そんなところにも生まれる。

「不満がないほうがおかしいのだ」

橋の補修に手を割く余裕ができるまで、辛抱強く日々の暮らしを守ることでしか先へ進む道はない。

それでも、耐えれば明日は来るはずだった。

飢える者がなく、子どもが教育を受け、重い流行病を出さなければ。

そして、暴動さえ起きなければ。

時間はかかっても、剣の力に頼らずとも、やがて暮らしはよくなってゆくはずなのだ。

和国の住む三杉村は、そこからすぐの所にあり、日が傾き始める頃、その村に着いた。

ある日突然、先代の王の前から姿を消した和国は、二十年以上この地に隠れていたのだった。

和国は、呪術師の中でも特に強い力を持ち、その声はあまねく国の隅々にまで通じたという。

その呪術師が、人々の心に恐怖を植え付け、刹那を斃そうとしているのだろうかと考えると、対面を前にして、玲の心はざわついた。

玲と同じ日本から来た和国は、四十年ほど前、賢王の治世の初めに鬼玉に流されて来たらしかった。

しばらく行くと、村外れの山に近い畑で一人の農夫が鍬を使っているのが見えた。刹那と玲が近付くと男は顔を上げた。

その男が和国だった。

流された当時の年齢にもよるだろうが、六十代には届いているだろう。背筋がしっかりとし、この国の標準から考えればずいぶん若く見えた。

一つに括った髪は白髪交じりの灰色で、痩せて小柄な身体に粗末な着物をまとっている。皺が目立ち始めた顔の中、濁りのない目が静かな知性を湛えていた。

「そろそろお出でになる頃かと思い、お待ちしておりました」

刹那の赤い目がかすかに警戒の色を浮かべる。それを見た和国が穏やかに言い添えた。

「私を探しておられたようなので…」

「ああ。少し聞きたいことがある」

和国は頷き、畑の先の小さな家に刹那と玲を招き入れた。建物は粗末だが、家の中には一通りの道具が揃っている。

板を渡しただけの椅子を刹那と玲に勧め、和国は土間に作られた竈で湯を沸かし始めた。

高価なはずの翠茶は、王のために用意したものだろう。刹那が来ることを、この男は確かに知っていたのだ。

杖の力を使ったのだろうか。

玲の心に不安がよぎる。

丁寧に注いだ翠茶を、和国は労働で荒れた皺だらけの手で刹那と玲の前に置いた。卓子もまた、板を渡しただけのものだったが、天板は広く、隅には硯《すずり》と筆、束ねた紙がきちんと揃えて置かれていた。

茶に口を付けることなく、刹那が問う。

「俺が探していると、なぜ知った」

「杖の声を聞きましたので…」

「杖を使ったのか」

王の許しを得ずに、杖を使うことは禁じられている。

「いいえ。私の杖ではありません。あれは…由旬公の杖でしょうか。私を探しておられた」

刹那の赤い目をまっすぐ見返し、和国は続ける。

「私が、王の許しなく杖を使ったのは、一度きりでございます」

「一度？　一度は使ったということか」

はい、と頷き、和国は深く頭を下げた。

そして、これまでの経緯を話したいと願い出た。その上でどうしても刹那に伝えたいことがあると訴える。

「話せ。杖について、おまえが知っていることも全てだ」

刹那の許しを得て和国は話し始めた。

そもそも和国は、杖に導かれて鬼玉にやって来たという。

そして、呪術が禁じられていることも、その力がどんなものかも知らないまま、杖を継いでしまったのだ。

四十年前、二十五歳の時だった。

「継ぐ前に確認しなかったのか」

「右も左もわからない場所に来て、頼れるものと言ったら、自分をこの地に運んだ杖しかないように思っておりましたので…。継がないと言えば杖は消えると聞き、少し慌てておりました」

杖を継いだことで王に会うことになるとは、思ってもいなかったという。

報告のため王に会った和国は、日本から来たことを告げると意見を求められた。

王は道を探していた。

鬼の世から解放されて百年余りが過ぎていたが、鬼玉は貧しいまま、人は飢え、希望のない暮らしを続けていた。

いたずらに命を奪われることはなくなったが、かつて鬼の手でもたらされた日本の品々は、失えば二度と手に入らない。国は少しずつ衰退していた。それでも人々はただ、王に従順だった。

公子の時代からすでに、剣の力を以てしてもなお救えない暮らしがあることを賢王は知っていた。

『何が必要か、おまえにならわかるのではないか』

王に問われた和国は、すぐには答えを返せなかった。官吏の一人として、王は和国を召し抱えた。異国の者の目で鬼玉を見て欲しいと願ってのことだ。

和国の見た鬼玉は、まだ産声を上げたばかりの幼い国だった。

人々は文字を知らず、知識を持たず、自ら考えることなく王と公子に従う。

何が良くて何が悪いかではなく、神に選ばれた王と公子のすることに間違いはないと信じて、ただ従うのだ。

上に立つ王と公子は人として優れ、民を思って正しく治政を布く。ただ従う民を苦しめることもない。

一見、国はよくまとまって見えた。

何が悪いのか、和国にもわからなかった。

だが次第に、国は王一人で背負えるものではないと、感じるようになった。

国にある民の一人一人が、自らの足で立ち、生きようとしなければ、とても全ての命を王の背に負い切ることはできないのだ、と…。

和国は王に、文字と暦を人々に広めるよう進言した。王は驚いた。それらは呪術と同じように、一つの力として恐れられていたからだ。

「確かに、力はあるのでしょう。文字で書かれたものは残ります。話し言葉より本当らしく見え、読める者にだけ読めることもまた、力と感じさせる要因になっていたのだと思います。暦や時刻も、それを決められることで、暮らしを支配されることになります。力と呼べば、呼べないこともない…。ですが、決して、それらは恐ろしいものではありません…」

呪術師ほど強く恐れられてはいなかったが、日読み月読み、あるいは言の葉師という者がいて、鬼の時代からそれぞれの仕事を独占していた。

その日読み月読みや言の葉師たちは、初め、民に力を持たせることは国を危うくすると言って、和国の意見に反対した。

民の一人一人が知識を持ち、ものを考えるようになれば、彼らは従順ではなくなるかもしれない。王や公子を疑い、その地位を追う日が来るかもしれない。だがそれは、国にとって本当に悪いことだろうかと和国は王に問いかけた。

古来より統治者たちが恐れてきたのは、賢くなった民に自らの地位を奪われることだった。彼らが守ろうとしたのは国ではない。

自ら考え、明日の先につながる未来に目を向ける者が増えれば、国は必ず変わるだろうと和国は王に告げた。

その言葉に王は動いた。

日読み月読みや言の葉師には、より高度な役割を与え、文字と暦を民に広めることを決めたのだ。

王の命で和国は杖の力を使い、文字も暦も恐ろしいものではないと説き、それらを人々に広めた。

杖の言葉は全土に届き、数度に渡り、王は和国に力を使わせた。

だが、和国はさらに、杖に頼らない仕組み作りを王に求めた。

和国も王もいつかは世を去る。その先にも、人の間に残る仕組みが必要であり、和国の言葉だけを一方的に鵜呑《うの》みにするのではなく、人が人へと伝える場を作るべきだと訴えた。

「文字や暦、知識、そういった生きる知恵を分け与える時、それらは、与えた者が去った後にも、受け取った者の中で自由に生き続けなければなりません。そうでなければ、本当に与えたことにはならないのです」

そして、民の中に教育が受け継がれる場として「学校」が開かれたのだ。

和国が姿を消し、賢王が世を去った今も、由希や太一や国中の子どもたちが、学校へ行き文字や計算や暦、歴史を学んでいる。

まだともに二十代だった王と和国が、はるか未来を見通して国に与えたものを思い、玲は胸を打たれた。

また、人の心を操るだけが杖の力ではないことに気付いた王は、杖が記憶した物語を和国に聞き取らせた。そうしてできた鬼玉の歴史書を手習いの教本として民に与えた。

歴史は、文字とともに広まる。人の手から人の手へと渡るうちに、それらが少しずつ変化することにも和国は満足しているようだった。

「人の好みや癖が反映されるのです。正確であることも大切ですが、そうして生まれる多様性は、杖が一方的に心に植え付けるだけでは生まれないものです。そして、その多様性こそが、何かを生み出す基礎になるのかもしれません」

未来を創る何かを。

変化は新しい流れを作り、そこからやがて文化や技術が発生する。

こうして、国は徐々に豊かになっていった。

「私はようやく、自分がここに来た意味を感じることができました。帰りたいと願い続けていましたが、先王にはやはり感謝しています」

そう言いながら、和国の目はどこか悲しげでもあった。

「今も帰りたいと願うか」

刹那の問いに和国は深く頷いた。

「なぜ、身を隠した」

帰れる当てがあったわけでもなく、国や王のために役立ち、自らの存在価値にも気付いていながら。

「…命を、狙われましたので」

二十年ほど前に、突然それは起きたのだという。

当時あった三本の杖のうち、橙州の杖の持ち主が老衰で世を去り古来よりの慣わし通り杖は姿を消した。その杖は、新たな持ち主のもとに現れるはずだった。選ばれた者が継ぐか継がないかに寄らず。

だが、杖はどこにも現れなかった。

慈雨の話を思い出す。杖を得た者が継ぐことを拒んだために、杖は消滅したのだろうと言われ、その杖のことは忘れられたのだ。

杖を使うにも力がいる。

公子が剣を使う場合は素質が関係するが、杖はもっと極端なのだという。公子が人柄や知性、健康などを吟味して選ばれるのに対して、杖は気まぐれに持ち主を選ぶからだ。

悪人のもとにも、全く力のない者のもとにも杖は無差別に現れる。

そのため杖は、悪いものとして遠ざけられただけでなく、継いでも役に立たないものとして持ち主を得る機会を失い続けた。

だが、それでも残った杖は、ついに現れてはならない者の所へ現れてしまったのだ。

「王に届けずに、杖を継いだ者がいたのだな」

「おそらく、そうなのだと思います。私はその者に、命を狙われるようになりました。理由はわかりません」

杖の声は、和国を見つけたら殺せと人々の心に呼びかけた。突然起きたことに、和国はなす術もなく城から逃げ、隠れることができない中、必死の抵抗で自分の杖に命じたという。

自分を見かけてもその姿は和国ではないと、人々を惑わせる言葉を杖に乗せて広めたのだ。

「王の許可なく杖を使えば大罪です。けれど、他にどうすることもできなかったのです」

敵から逃れるために城を出た和国は、自ら罪を犯したために戻る機会を失った。王の許しなく杖を使うことは謀反と同罪。戻れば、死が待っている。

杖の持つ強大過ぎる力を思えば、例外は認められない。

「罪を償うべきだったのでしょう。けれど、私はこの地でまだ死にたくはなかったのです。生きて、日本に帰りたかった…」

　翠のこの村まで逃げて来た和国は、初めのうちは外に出ることもできず、飲まず食わずのうちに死にかけたこともあったという。田畑の世話を、夜に人目を避けてできるようになったのは、翌年になってからだと聞き、その苦労を思って玲は胸を痛めた。

「和国…。なぜ、今になっておまえの居場所はわかったのだ」

　由旬の杖が探し出せたのなら、第三の呪術者にも和国の居場所は知られてしまうのではないか。

「術を、解きました…」

「なぜだ。なぜそんな危険を冒してまで、居場所を知らせた」

「先ほども申し上げましたとおり、どうしても主上、あなた様にお伝えしたいことがございます。あなた様と華玉に…」

　視線を向けられ、玲は小さく頷いた。

（あの物語の続き…）

　和国は部屋の隅に置かれた行李を手に取った。中に入っていたのは、幾冊もの綴りだ。

「最初のものは、国の書庫にあるものと同じです。学校の写しの元になっているものです。そして、こちらが、私がこの地に逃れてから書いたものです。王の命がありましたので、最後まで杖の言葉を聞きました」

　鬼玉の歴史を書き留めた歴史書。玲が持っている七巻より先のものが、そこにはあった。

「最後に王都で書きかけた七巻の続きです。この中に、華玉の鞘を得損なった王のことが書いてあります」

「晶玉が不在のまま選定を受けた王がいたのか」

「阿修羅王から四代ほど後の王で、手違いから晶玉がその場にいないまま剣を抜いてしまった王がありました。後から晶玉が現れた時には遅く、鞘が変わらないまま、剣だけが変わってしまったのです」

剣は雷に弾かれ、王は気を失った。

その姿が鬼に変わることはなかったが、悪夢のような記憶にとりつかれ、王は剣を持つことができなくなったという。

「その頃はまだ呪術師は十数人ほどいました。その中で紫州の呪術師が麻布に呪を施すことを思いつきました。心を司る力を、心を封じる手として使ったのです」

おそらくそれが今の由旬の杖だ。

「鞘はそのままか」

「いいえ。私がお伝えしたかったのは、この先です。それからしばらくして、別の場所にある塚が選定の塚に変わったのです」

刹那と玲は驚いて和国を見た。王の崩御の後、玉州の各地に現れる塚のうち、一つが選定の力を宿す。そして、無事に王の剣を選ぶと塚はその場で姿を消すはずだ。

「最初の塚が消えた後…、別の塚に選定の力が現れたということか」

「はい。おそらく選定のやり直しのためではないかと…」

その時は同じ公子が王に選ばれた。そして王が剣を抜くのと同時に、剣と鞘は改めて姿を変えたのだ。

一度しか例のないことで、それが普通のことなのかどうかはわからないという。

状況が似ているからといって、今回再び塚の一つに力が現れていたとしても、三年もの時を経て、今も存在しているかどうかも、新たな選定で再び刹那が王に選ばれるかも、わからない。

けれど、玉州のどこかに、今も塚があるかもしれないということを、刹那に伝えなければならないと、和国は思ったのだ。

「鞘が現れたことが伝えられたのに、すぐにその鞘が安定しないことが、噂になって広まりました。王は未だに鬼を身の裡に飼っている。鞘は偽物だと……。ですから、このことをお知らせして、叶うのなら完全な鞘を取り戻していただきたいと思ったのです」

あの杖の力に、王が斃される前に。

（完全な鞘……）

もしそれが手に入れば、剣に封じた鬼が刹那の心を奪うことはなくなるのだろうか。

（塚を、探さなきゃ……）

「最後に、聞こう。騒ぎを扇動しているのは、おまえではないのだな」

「私ではありません。私の命を狙ったもう一人の呪術者が、あなたを陥れようとしているのです」

法を犯して杖を継いだ三人目の呪術者が。

身の危険を挺して知らせた和国を、刹那はじっと見る。そして黙ったまま、冷めてしまった翠茶を一口、口に運んだ。毒を盛ることはないと和国を信じた証だ。

和国はどこか懐かしそうに王を見ていた。

「あなた様なら、直接話を聞きに来てくださると思っておりました。栄泉《えいせん》は、あなた様が幼いうちから、新たな世を開く稀代の王になられるだろうと、とても楽しみにしておられましたから」

栄泉――贈名を賢王という。先代の王の名だ。

「鬼の世の終わり、人の世の始まりに満ちる光。新たな世の光となってくださいませ。あなた様は、玉座になくてはならないお方です」

冊子の下に、一通の封書があった。鬼玉では見かけない日本の封筒である。紙も、古いが日本のものだ。宛名に「鬼頭幹夫《きとうみきお》様」とある。

和国の名だった。玲の視線に気付いた和国が静かに言った。

「日本に、残してきた人からのものです」

封書の裏には、ただ「さなえ」とだけあった。

国中の民に文字を伝え、歴史や暦を伝えても、どうしても届けたいただ一人の人に、自分の言葉は届かないのだと和国は俯く。

和国の生まれ故郷は、鬼玉島《ききょくじま》という瀬戸内海《せとないかい》の小さな島だと言った。鬼伝説の残る村が一つあるだけで、他には何もないらしい。

春になったら籍を入れる約束で、和国はその報告の墓参りに帰郷し、そこで鬼玉国に流された。

玲の話を聞くと、和国は頷いた。

「日本には、ところどころにこの国の飛び地があるようです。詳しいことはわかりませんが、鬼がいた頃には、鬼門を開いてここと向こうに行き来があった、そう杖が教えています」

そうして残されたのが、それぞれの土地の鬼伝説なのだろう。

「帰ることはできないのか」

刹那が聞いた。

和国はただ、わかりませんと答えた。帰る方法も、それがあるのかすらもわからない。

杖が記憶しているのは、古い時代に鬼が鬼門を開いていたという事実だけで、阿修羅によって鬼が姿を消してから、それらが開かれたという記録はなかった。

「…ただ、もし今も玉州のどこかに塚があるのだとしたら…、そして、私たちが流された時期がそれに関係しているのだとしたら…」

玲が流されてきたのも、和国がこの地に来たのも、ともに王を選定する塚が存在している時期ということになる。

「塚が鬼門を開いているのかもしれません」

刹那が立ち上がる。

「塚を探す」

三年前、刹那を王に選んだ塚はすでに姿を消しているが、和国の考えどおりならば、残りの塚のどれかに選定の力が現れている可能性がある。

現れたばかりの塚ならば辿るのは容易だが、玉州内には過去の王の崩御で現れた塚も数多く残っている。それらを一つ一つ確認する必要があった。

鞘を安定させることができるのなら、急ぎたい。第三の呪術者の存在がわかった今は、特に。

杖の力に頼ってでも…？

杖の安易な使用は危険だと知りながら、この一度だけという抗いがたい誘惑が玲を襲った。

だがその逡巡を読んだように、和国が細い木の枝を取り出して卓子の上に置いた。

「これはなんだ？」

「杖です」

由旬の杖以外の杖を目にするのは初めてらしく、刹那は驚いたように和国を見た。

「なぜ、このように小さいのだ」

「もう、これには力がございませんので」

力を使うたび、杖は痩せてゆく。継ぐ者を得られないだけでなく、力を失い消滅した杖もかつてはあったのだそうだ。

「この杖は、私をここに連れて来た時には今の倍ほどはありました。鬼玉の歴史を伝え切った後に、その生を終えたようです」

おそらく由旬の杖はまだ、和国が継いだ頃と同程度の大きさがあるはずだと言う。そして、残る一本はそれより小さかったはずだと続けた。

いずれにしても、和国の杖に塚を探す力は残っていない。

刹那の口から安堵の吐息が漏れた。

「塚は、これまでどおり、報告を受けた場所に公子が出向いて確認する。杖の力には頼らん」

その時ふと、玲の胸に冷たいものがよぎり、思わず和国に声をかけていた。

「和国さん…。術を解いてしまって、この後和国さんはどうなさるのですか？」

杖にはもう、術をかけ直す力はないのだ。

「どのみち、私は法を犯しました」

覚悟は決めていると、俯いて言う和国の目には寂しげな色が浮かんでいた。

和国はまだこの世に未練があるのだ。それが和国をここまで支えてきた。

刹那は黙って、卓子の端に置かれた筆と紙を引き寄せた。そして、力強い見事な筆致で、和国のために一通の親書をしたためる。

「すぐに、身を潜めて翠諒《すいりょう》へ行け。翠の州城に入り、州代を訪ねるのだ」

和国は顔を上げ、王を凝視する。

兵を付けるか問う刹那に、和国は言葉もなく首を振る。そして、杖と簡単な身の回りの品を手にすると、素早く行動を起こした。

外に出ると、日はすでに暮れかけていた。血のように赤い空を雨雲が速度を増して流れてゆく。見る間にあたりは薄い闇に沈んだ。

嵐が来る。

畑地の入り口に立っていたはずの護衛の姿がなかった。少し先の雑木林からも、馬をつないでいた小隊が消えていた。

丘の先の荒れ地を振り返っても兵は一人も残っていない。

この日は郷の城に入って、城内で宿を取る予定になっている。刹那と玲が和国を訪ねる間、斥候が先に行き、それ以外の二十数名は、数ヵ所に分かれて待機していたはずだった。

玲が戸惑っていると、右手の荒れ地を横切って一頭の馬がこちらに向かって駆けて来るのが見えた。

「華玉ーっ！」

鞍《くら》の上で手を振る男の影を確認して、玲は声もなく口を開けた。

ぶかぶかの鎧に身を沈め、栗毛の馬に跨っているのは陽である。

軍隊である王師と進む今回の旅に、陽は同行していない。城内で華玉の世話をする侍従には、軍の行程は厳し過ぎるからだ。

その侍従である陽がなぜここにいるのだろう。

「陽…！　いったい、どうしたんですか？」

和国の畑を回り込んで馬から下りた陽は、ぜいぜいと息を吐きながら、説明する。

「心配で…。侍従長に無理を言って…、馬を、借りてきました」

玲は再び絶句した。

「華玉を守ることは、私の…、大事な仕事ですから」

荒い息を吐きながら「はは…」と笑っているが、ここまで追ってくるのは並大抵の苦労ではなかったはずだ。

そばかすの浮いた顔をまじまじと見つめ、やはり陽という男はただの侍従ではないのでは…と玲は心の中で思った。

「警備の者はいないんですか？」

ようやく息を整えた陽が怪訝そうに聞いた時、丘の向こうから、今度は一人の兵士がこちらに向かって馬を駆ってきた。

刹那の視線が兵に向けられる。

畑地の外れで馬を下り、刹那の前に跪拝した兵が報告する。

「郷城への道で山が崩れました。手分けして通れる所を探していますが、かなり迂回することになりそうです」

「怪我人は」

「崩れた場所には冬田が少しあっただけで、他は荒れ地だったようです。人がいたという報告はありませんでした」

刹那は黙って頷いた。

「あの…」

戸惑ったように、兵が刹那を見上げる。

「残っていた者たちは…？」

「全員で行ったのではないのか」

「いいえ。華玉をお連れですし…、わずかの間とはいえ、全員で行くことは…」

半数は残っていたはずだと、兵はあたりを見回す。

そうしている間にも湿った風が冷え込んだ空気を運んでくる。赤黒かった空は厚い雲に覆われ、あたりは急速に薄い闇に包まれていった。

刹那が兵に指示を与える。

「迂回路は明日探す。今夜は郷城へは向かわず野営する。嵐に備えて安全な場所を確保しろ」

仲間を呼び戻すため、兵は再び和国の畑を越えて丘に向かって駆け出して行った。

その背を見送り、陽が城内で使う提灯を灯す。軍用のものと違い固定されない灯が、強い風に煽られて不安定に揺れた。

「他の者たちは、どうしたのでしょうね」

その危うい明かりを手に陽が眉を寄せる。唸る風の中で、刹那が呟いた。

「…和国」

同時に、玲の中にも不安が広がる。

——和国を…。

杖の声を聞いた気がした。

刹那が鋭い視線を左手の林に向ける。州都、翠諒のある方角から馬の嘶《いなな》きが聞こえた。

素早く玲を抱え上げ、自分も騎乗した刹那が林に向かって白馬を駆る。

林の手前で誰かを追って走る数人の男の影が見えた。

刹那の馬が近付くと、影が振り返り、その間に、さらに前方を走っていた小柄な影が林に消える。

一瞬慌てた男たちは、だが白馬と風になびく銀の髪が闇に浮かび上がるのを見て、竦んでその場に立ち止まった。

「怯むな！　先に王を殺れ！」

その中の一人が、まわりの男たちを叱咤して強く一歩踏み出すと、はっとしたように、立ち竦んでいた男たちがばらばらと散って刹那を取り囲んだ。追いついた陽が馬を引き取り、玲の腕を引いた。

「内宮でも襲ってきたな」

陽の持つ明かりが男たちを照らし、玲は息をのんだ。

(あの時の…！)

黒い面で顔を隠した者たちが一斉に剣を抜く。

「なぜだ。城では玲を狙い、今度は和国を狙う…。おまえが欲しいのは俺の命ではないのか」

最初に動いた一人に、刹那は問いかけた。堂々とした体軀の、剣の構えもしっかりとした男だ。

「翠で民に王師を襲わせたのも、おまえだな」

刹那の言葉に男が怯み、周囲の者たちに動揺が走る。

「我尺」

「なぜ…」

「剣がおまえの名を告げた」

「ではなぜ、あの時に捕らえなかった」

「俺は、おまえの口から聞きたいと言ったはずだ。なぜだ。なぜ民を唆《そそのか》し、王師に捕らえさせた」

刹那に向かい合った我尺は面を外さなかった。顔を見せないまま、冷ややかに答えを返す。

「玉座に必要のない者を追うためだ。剣の力も使えぬ王など、この国に必要ない。それだけではない。鬼に変わりかけているおまえを民は憎んでいる。それをおまえに教えるためだ」

「教える？」

「そうだ。どれほど目を背けても、民が騒ぐのはおまえが鬼だからだ」

「目を背ける、だと…？」

我尺の言葉に、刹那はどこか憐れむような視線を向け、小さく首を振った。

「そんなことのために、民の心を煽ったのか…」

「おまえは謀反を謀反と認めようとしない。鬼の王などいらぬと言う民の声を聞こうとせず、玉座にしがみついている」

「我尺」

「剣の力も使えぬ王を玉座に頂く民のことを考えてみろ。橋は架からず、道は整わず、郷城や役場も荒れたままだ」

「我尺、それがおまえの言い分か」

刹那の問いに、我尺は強い声で答えた。

「そうだ！　力を持つ者こそが、王であるべきだ！」

「おまえのようにか。誰より剣の力をよく使い、それだけでなく…」

赤い目が眇められる。

「杖の力まで得た」

ビクリと我尺の肩が揺れ、周囲が不穏な空気に包まれた。

「和国を追うのは、杖を継いだことを知られないためか。なぜ、届けなかった」

「その必要はないと思ったからだ」

観念したのか、我尺は開き直ったように言葉を続ける。

「必要などない。私は剣の声をよく聞く。杖の力もすぐに感じ取ることができた。天は私を選んだのだ。王に届ければ、その許しがなければ杖の力を使うことはできない。それでは宝の持ち腐れだ」

当然だとでも言うように我尺は腕を広げた。

「私は私の判断で、民や国のために剣の力も杖の力も使う。私がそう選ばれたのだ」

「愚かな…」

刹那の短い呟きに、我尺がカッと怒りに燃えるのがわかった。

「おまえは、力というものをわかっていない…」

「黙れ！　その力も満足に使えないおまえに、何がわかる」

切れ、と命じられ、面の男たちが、わっと声を上げて刹那に襲いかかる。

剣を鞘から抜くことなく、六人の敵を刹那は軽くいなした。素手と鞘とに突かれ、最初の三人が妙な形に姿勢を崩した後、続く三人も呻き声を上げて草の上に倒れる。

「…さすがだな、刹那よ。だが、私の剣はどうだ。手合わせでは五分…」

「五分？　笑わせるな」

嘲《あざけ》るような刹那の呟きに、我尺が怒りに震えるのが薄闇の中でも見て取れた。

「死ね、鬼め！」

切り付ける剣のスピードが、それまでの敵とは全く違った。だが、刹那はいつ抜いたともわからぬ速さで、剣の切っ先を我尺の額に突きつける。

面がゆっくりと二つに割れた。

「……うっ」

恐怖に瞳を見開いた我尺の顔が現れ、石のように動けないその面前で、剣の刃が光っていた。

「おまえは、俺の民と兵を傷つけた。許すわけにはいかない」

その時、林の奥で人の声がした。

「いたぞ、和国だ」

「殺せ…」

刹那の視線が険しくなる。

「まだ、仲間がいたのか」

我尺は不敵な笑みを浮かべて言った。

「おまえの兵だ」

叫び声が上がり、刹那の一瞬の隙をついて我尺が身を離し、素早く馬に駆け寄った。

「助けねば、和国が死ぬぞ」

我尺の言葉に、刹那は林の奥に走り出した。

「陽！　玲を連れてついて来い」

剣との間合いを開けてはならない。

玲は、陽とともに林の中を走る。藪の草が半臂の裾を切り、玲の手足にいくつもの傷を作った。

小さく開けた場所で、刹那の背に追い着く。その先に、兵の持つ灯に囲まれた和国がいた。

「切るな！」

刹那の声に、和国を後ろ手に捻り上げていた兵と、剣を構え今にも切り付けようとしていた兵が、驚いたように動きを止めた。

「和国を討ってはならん」

「主上…」

上長格の兵士が進み出る。

「ですが、呪術者を生かしておけば、いつまた前回のように民を煽るかわからぬと、我尺様が…」

杖を使うまでもなく、我尺はただ兵に和国を追えと命じただけだった。そして兵は、言われるまま翠諒への道を手分けして見張った。

民を煽った呪術者は和国ではなく、我尺自身であったとも知らずに。


「和国ではない」

刹那は兵たちに告げる。

「和国の杖は、もう務めを終えている。術は使えん」

そして、顔を見合わせている兵たちに、王としての言葉を刻み込む。

「杖の声に惑わされるな。人の言葉にも疑問を持て。何かを吹きこまれても、それを自分の頭で考えるのだ」

言葉を鵜呑みにせず、自らの判断で行動せよ。そう告げて、刹那は力強く続ける。

「おまえたちは王師の兵だ。誇りを持て」


その後、刹那と玲、和国、陽の四人は、兵たちとともに丘の上の野営地に合流した。

湿度ばかりが高くなり、雨はなかなか降り始めない。重く垂れこめた雲が厚みを増し、気圧の変化で軽い耳鳴りがした。

遠くで吹く風の音がそれに重なる。闇に包まれ、風の音が聞こえる以外、あたりは静まりかえっていた。人の話し声だけでなく、生き物の立てるどんな音もしなかった。動物や鳥、虫までも息を殺して嵐に備えているようだ。

土の上に厚い布を敷いただけの寝床に横たわると、背中にゴツゴツと石の多い地面が当たった。

「身体は痛くないですか？」

陽に聞かれて首を振る。

「もう慣れました」

実際に慣れることはないだろうが、不平を言うつもりはなかった。玲の生まれた国が豊かすぎるのだ。この国では硬い寝床は珍しくもない。

突風が立てる鋭い音と木の葉がぶつかり合うざわめきが闇の中に響くが、相変わらず他には何も聞こえない。

奇妙な静けさに目が冴えて、なかなか眠れなかった。それでも身体の疲労が勝って、ふっと蠟燭《ろうそく》の灯を消すように、意識が闇に落ちた瞬間…。

ドクン、と強く心臓が打った。

最初に感じたのは刹那の殺気だ。剣に手をかける気配があり、玲もとっさに身を固くする。離れた場所で、陽と和国の影が動くのがわかった。

「…ぐ、ぁあ…っ」

陣の外れで火を焚いていた見張りが呻く。刹那が走り出すと、それを待っていたかのように、周囲に松明の明かりが現れた。

昼間のように明るくなった丘に、数人の兵が倒れている。周囲を取り囲んだ明かりと暴徒の数に玲は目を見開いた。

前回も同行した将が駆け寄り、怒ったような剣幕で喚きたてる。

「この数をご覧ください。これでも民を傷つけるなと仰いますか？」

これが実戦なのだ、綺麗ごとでは済まないのだと訴える。その将を刹那の赤い瞳が射抜く。

「それでも王師の将か」

ダン！ と剣が大地を突き、炎のような瞳が取り囲む人々を見渡した。今にも襲いかからんと構えていた者たちが、その覇気に気圧されたように動きを止める。

「用件はなんだ」

朗々と発した声に、場が静まり返る。

どこかギラギラと尖る松明の明かりに、金属的な銀の髪と紅玉のような瞳が、妖しく浮かび上がっていた。

「何が望みだ。俺にできることならば言え。できぬものでも言うだけは言ってみろ。すぐには無理でも、長く待たせることがあっても、決して忘れはせず、道を探すと誓う」

通る声で真摯な言葉を告げる王に、人の輪がざわりと揺れる。

「望み…？」

「王に、できること…？」

戸惑いと不安と希望がないまぜになって、空気がゆらりと緩んだ。

一瞬、凪《な》いだような静寂が丘を包む。

だが、その直後、遠くの空に最初の稲光が一つ瞬くのと同時に、心の中に声が忍び込んだ。

——鬼の王。

——望みは、鬼の王の首だ。

湿った空気が重くなり、限界まで湿度を増す中、その空気に再び殺気が満ちてくる。耐え切れずに雨が形を結び、暗い棘《とげ》を含んで大地に降り始めた。

如雨露《じょうろ》で水を撒くようにパラパラと降り出した雨は、すぐに勢いを得て、武器を手に立つ人々の顔や手を濡らした。松明のいくつかが消え、まだらの闇が広がる。

雨音が大きくなる中、取り囲む輪から声が零れた。

「…そうだ。おまえの首が望みだ」

やがてそれにいくつもの声が重なる。

「そうだ！　鬼の王の首をよこせ」

「きさまが死ね！」

「全部おまえのせいだ。鬼の血を引くおまえが王でいる限り、国は荒れる」

怒号となった叫びとともに、雪崩のように駆け出す人々を、激しい雨が打つ。

なぜ、と玲は胸の裡で叫んでいた。

刹那の問いを一度は聞き、心を開きかけたはずだ。

それに答えもせず、それまでさんざん押しつけた烙印《らくいん》を再び押し直す言葉で、何も考えず決めつけるのか。

鬼と。

「玲、下がっていろ！」

刹那の背に庇われ、玲は大きな木の下に押しやられた。すぐに走り寄った陽に腕を引かれる。

「華玉！　こちらへ！」

そばかす顔を引き締めた陽の姿を確認すると、刹那は玲から離れていった。暴徒が目の前まで迫っていた。

刹那が兵に命じる。

「殺すな！　怪我もさせるな！」

「ですが…っ」

「躱すだけでは埒《らち》が…」

怯える兵に刹那の厳しい声が飛ぶ。

「それでも王師か。持ちこたえろ。武器を奪え。逃げる者は追うな。捕らえてはならん」

指示を出しながら、刹那は鞘に収めたままの剣で、襲いかかる者たちの手から鉈や鎌を叩き落としてゆく。

あまりの速さに何が起こったのかわからないまま立ち尽くす者たちは、手元の武器を失ったことに気付くと、慌てて背を向け逃げ出した。

「俺が王師に任じた。おまえたちならできる」

刹那の言葉に、兵たちの目に光が戻る。刹那を真似て武器を叩き落とし、奪い、暴徒を追い払った。

だが、どこからこれほど集まったのかと思うほどその数は多く、長い均衡状態に兵は疲弊してゆく。

雨は滝のように強くなり、ぬかるんだ地面から泥が跳ね上がり、兵や民の顔や着物を灰茶色に汚していった。

――鬼。

何かが頭の中に響いていた。

――鬼の王だ。殺せ。

――鬼だ。鬼だ。

カッと稲妻が天を切り裂き、恐怖と興奮で形相を変えた大勢の姿が、見開いた玲の目に白く焼き付いた。

――鬼になるぞ。王は鬼だ！　殺してしまえ！

鬼だ、鬼…、鬼、鬼、鬼、鬼、鬼、鬼、鬼……。

「鬼だ！」

声に操られた者たちが一斉に刹那を取り囲んで、その姿を凝視した。人々の目には狂気の光が躍っている。

突き飛ばされて、玲の身体は少しずつ刹那から離されていた。

(間合いが……)

　城での大広間と廊下の長さを頭で測るが、屋外の薄闇の中ではあまり意味がなかった。刹那から離れてはいけないと、ただそれだけを考える。

「華玉、それ以上行ってはいけません」

　陽に引き戻されてその場に留まったが、そうしている間にも刹那との距離が開く。

　その時、嵐の中で雷鳴が轟き、稲妻が光った。

「鬼だ…！」

「鬼の、王…！」

「うわあああっ！　鬼を殺せぇ！」

　刹那目がけて一人が飛び出すと、全員が一度に鉈や鎌を構えてそこに向かい始めた。兵は呆然と立ち尽くし、次々に繰り出される刃物を刹那一人が鞘で薙ぎ払ってゆく。そうしながらまた、少しずつ玲と刹那の距離が開いていった。

　今の刹那に、玲との間合いを測る余裕はないのではないか。少しでも近くにいなければ、その間合いから外れてしまいはしないか。

　陽の手を振りほどいた玲は、暴徒の間を縫って中心を目指す。

「華玉っ！」

　刹那を囲んだ人の輪に揉まれて、足がもつれ身体が傾ぐ。背後から刹那を切りつける者が目に入るが、庇う兵はいない。それどころか…。

　頭に響く声に支配され、恐怖に顔を歪めた一人の兵が、剣の切っ先を刹那に向けた。

「刹那っ！」

　繰り出された切っ先を躱し、刹那が周囲を鋭く見渡した。そして、手にした阿修羅の剣を鞘から抜き放ち、高く掲げた。

滑らかな銀の刃が雨を弾いて光る。

天に向けて剣を突き立てながら、刹那が叫んだ。

「出て来い！　俺を斃したければ、おまえの手で斃せ！」

連続してあたりを白く浮かび上がらせる稲光の中で、銀色の髪が風雨に流れて生きもののように揺れた。

「姿を現せ！　我尺！」

玲は少しでも刹那との間合いを詰めようと、前に出た。

「華玉！」

陽が引き戻そうとするが、玲はその手を振り払う。

「間合いを、開けてはいけないんです。行かせて」

「華玉…」

泣きそうな顔で玲を見つめると、陽は困ったように「わかりました」と頷き、玲の盾になって人の間を縫い始めた。

「我尺。怖気づいたか」

刹那が嘲るように笑うと、暴徒の輪が揺れ、その奥から私兵を連れた我尺が姿を現した。私兵の数は、和国を襲った時の数倍。体裁を繕うことを止めたようだ。

「民と兵を傷つけることは許さないと言ったはずだ」

怒気を滲ませた刹那の声を、我尺は聞こうとしなかった。

――切れ。

「鬼の王などいらぬ！」

頭の奥で声が聞こえた。同時に私兵の男たちが一斉に剣を抜く。

真剣の切り合いに驚いて、まわりを囲んだ者たちは一歩二歩と下がって大きな輪を作る。その輪の一部に、陽と玲は立っていた。

刹那はほとんどその場を動かず、剣の一振りで兵の刃を躱してゆく。

攻撃はしない。

襲いかかった我尺の兵は、剣を弾かれて取り落とし、あるいは弾かれた勢いでその場に崩れた。

刹那の動きは目にも留まらぬほど速く、それでいて流れるように鮮やかだ。無駄のない美しさに、周囲を囲んだ者たちは息をのんで立ち尽くす。

「死ね、鬼め！」

我尺が突き出す剣も、切っ先を見失うほどに速い。けれど刹那は、虫を掃うほどの無造作な動きでその剣を軽く躱す。

相変わらず攻撃は仕掛けない。

ただ、何度も繰り出される我尺の突きに、わずかずつだが場所を移動していた。

我尺の攻撃がいったん止み、袍の袖に忍ばせた何かに触れるのを玲は見た。

——華玉。

再び切りかかる我尺を、刹那は確実に見切っていた。赤い瞳に映るのは、かつては信頼し、今は道を違え敵となった男だ。

「我尺。俺はおまえを切らん」

剣を躱しながら、刹那はまっすぐ我尺の目を見据えていた。

「捕らえられるか、自らその剣で散るか、選べ」

突き付けられた選択に、我尺の顔に激しい憎悪の色が浮かぶ。

——華玉を切れ。

——切れ。鬼の王を、切れ。

——鬼に変わる前に、切ってしまえ…。

周囲の人の中から、ふらふらと鉈を構えて出て行く者がいる。

広く開いた円陣が崩れ、再び人々が入り混じる中、玲は必死に刹那の姿を追いかけた。

背後の男が鉈を振り上げたことには、気付かなかった。

「陽！」

刹那の声が響く。

はっと顔を上げた陽が、玲を突き飛ばしながらぬかるみに転がる。すぐさま起き上がり、背後に玲を庇って護身用の短剣を抜いた。

泥の中に蹲った玲の目に、再び鉈で切り付けてくる男の姿が映る。陽の袍の袖が舞い上がり、離れた場所に落ちる。小袖が裂け、血が滲んでいるのが見えた。陽が短剣で切り付けると、男の腕からも血飛沫が上がった。その血と痛みに驚いて、男が鉈を取り落として蹲る。

剣や鉈を振るうのは、大きなナイフで切り付け合うのと同じだ。雨に流れてゆく赤い血を目にして、玲の歯はガチガチと音を立てて鳴った。

竦んでしまった足は一歩も動かず、陽に揺さぶられてやっと視線が定まる。

その視界に別の男がゆっくりと斧を振り上げる姿が入り、玲は悲鳴を上げていた。

恐怖に震えながら視線を巡らせた玲の、左右を忙しなく見ていた瞳が焦燥に見開かれる。

「刹那…」

刹那の姿がない。間合いなどわからない玲は、ただ刹那が自分の視界に入ることでしか、それを確かめることができなかった。姿を捉え、少しでも近くにいることでしか…。

それに、陽は…。

怪我をした腕は大丈夫だろうかと振り返ると、陽の右足に鎌が刺さり、そこから血が噴き出していた。

「陽…っ！」

裂けた半臂の袖を千切って、陽の足に巻き付ける。

「華玉、私は大丈夫です。手当なら自分で…。それより、お守りできなくて…」

「いいんです。陽、血が…」

「華玉、行ってください」

多くの人が、互いの刃物で負った傷から血を流し、痛みに蹲る中、玲の手を取った陽が護身用の短剣をその手に握らせる。

「おそばを離れて申し訳ありません」

「ごめんなさい、陽…。ごめん…」

陽は歪めた顔で微笑んで見せた。行ってください、と繰り返す陽から、身を引きちぎられる思いで視線を逸らす。

急がなければ…。

刹那との距離が開き過ぎてはいけない。一人にしてはいけない。

刹那を……。

輪の中央に向かって走り出したとたん、肩に焼け付くような痛みが走った。身を固くしたまま、玲はその場に崩れ落ちた。

「華玉――っ！」

陽の叫び声が雨の音を切り裂いた。

玲は泥の中に倒れ込みながら、背後の男を振り返る。

暗闇の中、顔もわからない男は驚いて逃げて行った。

肩が焼けるように痛かった。這うように人の間を進みながら、意識が遠ざかりそうになる。

悲鳴が聞こえる。

人の輪が、波に攫われる砂のように、見る間に崩れて消えてゆく。

開けた視界の先、誰もいなくなった場所に割れた鞘が横たわっていた。暗い灯に照らされ、結ばれた晶玉が光を放つ…。

（緑…色……？）

緑色に変わった晶玉は、何を意味するのか。遠くなり、また近くなる意識の中で、玲はそれを探る。

滲む視界の先に、刹那の広い背中があった。恐怖に目を見開き逃げてゆく人々を前に、抜身の剣を手にして立っている。

走り去る人の叫びが言葉になって届く。

「お…、鬼……っ」

引きつった叫びが風に乗って流れる。

「本当に…！」

「鬼…！」

「鬼だぁ……、あ、あぁ…っ」

刹那の彫像のように美しい顔を見た。髪は銀色、瞳は血のような赤…。

そして、額には二本の黒い角があった。

後退《あとずさ》る人、背を向けて逃げる人、その人たちに向かって、わずかに眇めた赤い瞳に心はない。笑《え》んだように上がる口角から鋭い牙が覗いている。

（刹那……）

剣を手に美しい鬼はゆっくりと歩き出す。

背を向けて逃げる人たちを、一切の感情のない目で追いながら。

いたずらに振り降ろす一太刀で、あたりは血の海に変わるだろう。

間に合わなかったのだ。

玲は刹那を鬼にしてしまった。守り切ることがで

きなかった。

『晶玉の役目は公子の力を抑えることです。それができないなら、鞘としての価値はありません』

恭の言葉が胸をよぎる。

『力を抑えられないのなら、その力を使わせてはなりません。私のような弱い晶玉は…』

死んだほうがいい。

死んだほうが…。

ふと、別の言葉が頭に浮かんだ。

『鞘が死ねば、剣は死ぬ。剣が死んでも公子は…』

手を伸ばすと陽の剣に触れた。

(ああ、そうだ…)

まだ間に合うかもしれない。

手が震える。

肩の激痛に喘《あえ》ぎ、呼吸が乱れる。

神様…。どうか、弱い自分に力を貸してください…。

鬼に変わってしまった男を、涙を溜めた目で見つめ、そして。

短剣を構えると、玲は自分の胸目がけて振り下ろした。


刹那……。

ごめんね。また、一人ぼっちにして……。


ドン！　と地響きが轟き、雷光が闇を白く塗り変えた。稲妻が一本の柱になって、まっすぐに天と地をつなぐ。

世界は二つに切り裂かれ、黄金の柱は刹那を打ち、その手から剣を弾く。

ゆっくりと丈高い身体が傾いで、飛沫に煙る丘に倒れてゆく。

閉じることのできない玲の瞳に、朽ち果てた木のような鞘が映った。

雨が流れる大地が血で赤く染まってゆく。

次第に意識が遠ざかる。

もう一度、刹那を見たかったけれど、もう身体が動かない。

涙が零れた。堪える力もない。

もう一度だけ……。


古い電信柱には質屋の看板が括りつけられている。

日に数本のバスを待つ間、村の人たちは噂話という名の情報交換に余念がない。

「どこに消えちゃったのかねぇ」

「街にでも引っ越したんだろうよ。この村じゃ、あまりいい思いをしてこなかっただろうし」

「なんとなく馴染めなくて邪険にしちゃったけど、今思うとかわいそうだったね…」

意識だけがそこにあった。自分に身体のないことが玲にはわかっていた。

鬼玉村は春を迎えようとしていた。

柔らかな光を反射して川が流れ、梅の花はそろそろ三分咲きだ。

ふわりふわりと、白い光が漂う。

珠里はどうしているだろう。祖父母や両親は…。

せっかくここまで来たのだから、できれば会って帰りたかった。

そう考えて、玲が帰る場所はここではなかっただろうかと意識の中で立ち止まる。

白い光も動きを止めた。

そして、他に帰る場所があると気付いた。

『刹那…』

その名を心に浮かべると、なぜだかいつも、少し悲しい気持ちになる。

悲しい気持ちは愛しい気持ちと似ている。

会いたい。離れたくない。ずっと一緒にいたい。一つになりたい…。

だけど、もう会えない。

『刹那…』

もう一度、その名を呼びたかった。

もう一度、名前を呼んで欲しかった。

もう一度……。「玲」と…。


ふわりと蛍のような光が舞った。まだ春を待つ季節に、蛍はいない。

そっと意識を開くと、光は玲の魂だった。

雨の降る九ノ沢郷の丘に、玲は漂う。

『刹那…』

どこ…?

大切な鬼玉の王。玲のたった一人の王は、どこにいるのだろう。

雨の中に銀の光が見える。誰かがそこに立っている。

『刹那…』

闇に包まれて、我尺はかつて王だった男を見下ろしていた。

雨の中、ぼろ布のように横たわっている銀色の髪の男。その髪は泥に沈み、手の先に落ちた剣は光のない石のような刃を見せている。

その背にとどめの一刺しを突き立てようと剣を構えた時、白い光が視界の先に漂った。

なんだ…、と我尺の目がそれを追うのと同時に、松明を掲げた一団が丘の上に現れた。

「おやめくださいっ、我尺！」

「そこまでだ！」

恭を伴った由旬の姿がそこにあった。

「恭……」

兵士が駆け寄り、我尺を取り囲む。

「我尺。もうやめてください。あなたは間違っています」

薄い身体を震わせて、恭が悲しげに首を振る。

その隣で、由旬が不思議そうに顔を上げた。視線の先を白い光が通り過ぎる。

蛍…？　まさか…。由旬の心の声が聞こえた気がして、玲はどこだろう。

刹那はまた意識を開いた。

『刹那…』

ふいに由旬が歩き出し、刹那のそばまで進むと、泥に沈んだ銀の髪を見下ろして、そこに跪いた。

玲は由旬の上を漂いながら、泥の塊となった愛しい男を見下ろした。

『刹那…。どうしたの？』

動かない布の中から伸びた手に、白い光が触れる。

その手を包んで、玲の魂が涙を流した。身体の中にあった時には流せなかった涙が、後から後から実体のない頬を濡らす。

『刹那…。刹那…』

目を開けて…。

刹那は鬼玉の王。

鬼の世の終わり、人の世の始まりに満ちる光。

その光だから。

『刹那…』

由旬がゆっくり身体を返すと、刹那がかすかに呻いた。

銀の睫毛が上がる。

「気分はどうだ」

返事はない。

赤い瞳が瞬き、虚空を見上げる。その額に角はなかった。

視線を巡らせた刹那は、白い光を目にすると、そっと手を伸ばした。

ふわりと瞬いて、光はその手の中で消えた。

「どうした、刹那。大丈夫か」

身体を起こした刹那は、軽く頭を振って立ち上がり、光を摑んだ右手を開いた。

白い光は、もうそこになかった。

顔を上げ、我尺の姿を認めた刹那が眉をひそめた。

雨の中、もう一度手のひらを見つめ、それから周囲を見回す。

「玲は、どこだ…。玲…！」

人々が振り向いた先に、足を布で縛《しば》った青年が一人座っている。その膝の先に、痩せた軀《むくろ》が一つ転がっていた。

陽は泣いていた。

「申し…訳、ござ…ま…」

泣きながらひれ伏した陽を、刹那の震える手が押し退けた。

軀を腕に抱く。

黒い半臂の刺繍が消えている。糸が赤黒く染まっていた。半臂は雨ではなく大量の血で滴るほどに濡れていた。

「どうした…。何があった…っ」

「華玉は…、ご自分で…」

傍らに落ちた短剣が血に染まっている。

なぜ、と問いかけ、さらにその脇に転がる朽ち果てた鞘に刹那の目が向けられる。

その目に、雷光に切り取られた世界の記憶が浮かんだ。

雨の下、鬼に変わった己の姿。その鬼の姿が稲妻に照らし出されていた。

「剣を…殺すためか…」

鞘が死ねば、剣は死ぬ。剣が死ねば、そこに封じられた鬼も死ぬ…。

「そのために、自分の胸を突いたのか…」

動かない軀を強く抱いて身を震わせる刹那の、押し殺した嗚咽を雨が包み込む。

ザアッと音を立てる雨の下で、枯れ枝のような鞘に結ばれた晶玉だけがキラリと小さく光っていた。


その光に呼ばれるように、小さな白い光がぽつりと浮かぶ。

もう一度…。

『……刹那』

ぽつりとまた、光が生まれる。

ふわりふわりと漂う光は、やがてその数を増して、白い花弁のように空から舞い降りた。

たくさんの白い光が、雨に煙る世界に満ちていく。

光の一つが、刹那の耳元を通り過ぎる。

『刹那…』

もう一度…。

刹那に抱かれた玲の身体にも、光の粒は瞬きながら降り落ちていった。

無数の光は、やがて鞘に結ばれた晶玉を囲み、吸い込まれるようにその中に消えてゆく。

晶玉の放つ光が増す。

光の粒を集めた玉は五色の輝きを周囲に撒き散らし、それはやがて、眩《まぶ》しいほどの光の海になり、世界をのみ込んでゆく。

刹那の赤い瞳が見開かれた。

由旬が呆然と光を凝視する。

恭の表情が驚きに変わり、我尺が顔を上げる。

大地に蹲り痛みに耐える者、竦んだまま腰を抜かしている者、逃げた先で振り返る者たちの目にも光が届く。

ぽかんと開いた陽の口から、言葉が零れた。

「鬼の世の終わり…、人の世の始まりに…」

満ちる光。

光が完全に世界をのみ込み、白い空間だけが浮かび上がった。

『刹那…』

もう一度、名前を呼んで…。


「玲……っ」

光の密度が増す。その光の降り注ぐ天を仰いで、魂を呼び戻すように刹那が叫ぶ。

「玲————っ」

その瞬間、玲はすさまじい勢いで地上に引き戻された。

叩きつけられるように重力のある身体に戻ると、あまりの苦しさに悲鳴が上がる。

「……っ！」

声にならない悲鳴は喉につかえてかき消され、吐き気がするほどの貧血と、焼け付くような肩と胸の痛みにもがく。

刹那…。

目を開けると、真っ白い世界の真ん中に刹那の顔があった。

光の中で玲を見下ろす赤い瞳。

「玲…！」

名前を呼ばれて、胸の奥に歓びが生まれる。

もう一度…。

消えゆく魂の最後に抱いた、ただ一つの願い。愛しい声で、「玲」と呼んで欲しいと、ただ名を呼んで欲しいと…。

泥に汚れた頬に手を伸ばす。

身体の苦しみは徐々に小さくなって、肩と胸の傷が癒えてゆくのがわかった。指先が男の頬に触れると、玲はその名を呼んだ。

もう一度、呼びたいと願ったたった一つの愛しい名前。

「刹那…」

光が弾けて空を駆け巡る。

「刹那……」

「玲……」


きつく抱きしめられ、背中を抱き返すと涙が零れた。

身体から流れる涙の温かさを、胸に溢れる思いとともに玲は知った。


泥と血で汚れた玲の顔を、自分はもっとひどい顔をした陽が布で拭う。陽は日ごろの達観ぶりが嘘《うそ》のように泣きじゃくり、何度も何度も生きている玲を確かめながら、そっと布を押し当てる。

「陽、自分の顔も拭いて。足の手当ても早くしないと…」

「私など、いいんです。華玉がご無事なら…」

自分が渡した剣で玲が胸を突いた時、陽は死を覚悟した。

「華玉をお守りするのが、私の役目なのに…」

今も半分、刑を願っている陽に玲は言う。

「でも、僕は生きています。傷だって、ほら…。不思議だけど。陽、刹那はきっと、命を無駄にすることを許さないと思いますよ」

それでも陽はぐずぐず泣いて、足の手当もしたがらない。

「陽が死んだら、主上を待ちながら一緒におやつを食べる人がいなくなります」

「そんなものは女官にでも命じれば…」

「陽が淹《い》れてくれる翠茶が、一番おいしいです」

「華玉…」

由旬の兵が村人を手当てしている場所へ、陽を送り出す。

刹那と由旬に捕らえられ、我尺は肩を落としていた。

「我尺」

刹那の声が聞こえないのか、我尺は一人何かを呟いている。

「…なぜだ。私のほうがうまくやれる…。剣の力を誰より使う…。民を導き、橋を架け、街道を整備し、田や畑を増やし…」

「我尺」

顔を上げない我尺に刹那が問う。

「橋を架け、街道を整備するには、人の手が要る。稲が実らない年に、人の手を奪えば民は飢えるぞ。飢えないためには子どもが働く。そこで犠牲になる者があることを、考えてみたことはあるか」

寒い冬に男手を奪われ、足りない食料を冬野菜で補い、女手と子どもだけで薪を割り、水を汲む。

厳しい労働は人を疲弊させる。学ぶ機会を失うことは、考える力を奪う。疲れ、相手の立場に思い至る知恵を持たない暮らしは、衣食住の貧しさ以上に人の心を貧しくする。

「それは民の望む幸福につながるか。自分の頭で考え、納得して生きることは、人を優しくする。相手を思いやる意志が自分の中から生まれるからだ。たとえ恨み、怒り、文句を言っても、自分で折り合いをつける知恵を持っているからだ」

民から優しさを奪ってはならない。優しさを失うことは、不幸であり悲しみだから。

我尺は憎しみを込めた目で刹那を睨む。

「やむを得ないことだ。国を豊かにするためには…。小さな犠牲があっても、大きな実りを得れば…」

「その犠牲が、恭であってもか」

我尺が初めて怯んだ。

「凍える冬に足りない薪を求めて野山を歩き、朝から晩まで田畑の世話に追われるのが、恭であってもか」

疲れていても、身体が辛くとも、代わる者のいない生活を強いられるのが、自分の愛する者だとしたら…。

「余裕のないところから人の手を奪うというのは、そういうことだ。公子に晶玉が与えられるのはなぜか考えろ。ただ鞘だけがあればよいものを、それを司る者が公子のそばに置かれる理由を」

力を抑える鞘の、本当の役割を。

人を思い、愛おしむ心を知るために、それはある。阿修羅に心を与えた時から、晶玉が指し示すのは人を愛する心だ。

剣が力ならば、それを抑える鞘は愛だ。力よりなお強いただ一つのもの。

「これ以上、恭を悲しませるな」

今度こそ、我尺は深く項垂れた。

被っていた笠を脱ぎ、我尺の傍らに歩み寄った恭は、黙ってその手を取って頬に押し当てた。

我尺がぽつりと呟く。

「…恭、おまえは美しい」

恭は少し驚いて目を見開いた。

「おまえこそ華玉に相応しい。誰より美しい晶玉を得た私は、おまえを…」

「我尺、私はそんなことを望んでいません。あなたの晶玉でいられれば、それで十分でした」

「恭…」

静かに微笑む恭を見下ろし、我尺はようやく肩の力を抜いた。

警備兵に連れられて二人が去って行くのを、玲は刹那の背中越しに見送った。


玉州への帰途は難所の多い最短距離を避け、五日をかけて戻る道筋を取った。翠に残していた負傷兵と陽、和国を同乗させての旅になる。楽な行程を選んでいても兵の負担は重かった。

兵自身、戦闘で疲弊しているはずだったが、黙って荒れ地を行く顔はどれも穏やかだった。前回も派兵された者が多かったが、その時のような暗い疲労はどこにも見られない。

民を傷つけず、捕らえることもなく任務を終えられたことが、彼らの胸に安堵と誇りを生んでいるのかもしれない。

言葉少なに黙々と進む兵たちは、再び鬼に姿を変えた王、五色に輝く晶玉の奇跡を目にしたことで、どこかぼんやりとしていた。一方で、確かに何かが変わったのだと確信する光を瞳に宿している。

剣は石のように光を失い、脆《もろ》くなった刃のところどころが欠け落ちていた。もはやそこに力があるようには見えず、王の髪と瞳に色を残していても、それ以上、鬼が王を蝕むことはないだろうと思われた。

杖の声も消え、人々の心に根付いた恐怖は、雪が溶けるように自然に、静かに消えていった。

往路より楽とはいえ、長く馬の背に揺られ、草に眠る日々はやはり辛い。野間沢郷を示す石塚が見えてくると、誰の目にも安堵の色が浮かんだ。

王都まで、あとわずかだった。

トクトクと小さく鳴り続ける胸の音を抱き、玲は刹那に支えられ馬の背に揺られていた。剣が力を失い、間合いを開けることが許されてからも、刹那は玲を片時も離そうとしなかった。

玲も刹那から離れたくはなかった。

そばにいたい。触れて欲しい。離れたくない。一つになりたい……。

思いは溢れる。

王都に入り、内宮で一通りの報告を受けた後、刹那がいくつかの指示を出す。

「玉州に選定の塚がないか、探してくれ」

訝る官吏や、由旬、慈雨、祥羽らに和国の歴史書の内容を伝え、同時に和国や玲が流された時期から、塚が異界との門を開いている可能性があることを伝えた。

「…でしたら、華玉が最初にこちらに来られた場所から、探してみてはいかがでしょう」

慈雨の言葉に由旬らも頷く。

選定の塚は子どもの背丈ほどの大きな石で、それ自体がかなり目を引くものだ。王が身罷《みまか》ると、一夜にしてそのような石が玉州の各地に現れ、そのうちの一つが本物の塚なのだが、公子の持つ剣が近付くと、光を放つことで自らが神器であることを教えるのだった。

役目を終えた塚は消えるが、その他の塚は残る。三年前の塚も、玉州の数ヵ所に残っていた。その中に、選定のやり直しを担う塚が存在する可能性が高かった。

翠に公子が現れず、我尺が捕らえられた今、公子は由旬、慈雨、祥羽の三人だけだ。塚を辿るにしても、少しでも手がかりがあるほうがいい。

野間沢郷、特に木春菊村周辺から当たることを確認し、早速官吏たちはそれらしい塚の記録を集める作業に入った。

それらのやり取りを、玲は複雑な気持ちで見ていた。

選定のやり直しをする塚があるかもしれないと和国から聞いた時、刹那の剣に封じた鬼を完全に抑えることのできる鞘を玲は期待した。刹那を鬼から守ることのできる鞘を得たいと願った。

けれど今、剣は死に、鞘も役目を終えた。選定の塚が選ぶのは、次の王だ。

剣を使えぬまま人の世の始まりを探し続けた刹那が、玉座を降りる。

鬼を封じた剣が死に、王が心を喰われることがないと知った時、まわりの者は安堵し、剣を持たない王であっても刹那の統治を望んだ。だが、刹那は和国の話から、翠の民と兵に告げたのだ。

塚があるのなら、新たな選定を行うべきだと。

そして、王都に戻ってすぐの今、それを実行しようとしている。

その広い背中を見つめ、この背に負い続けた国や民に、この王はどれほど心を砕いてきただろうと思い、本当の意味で、自分は王を守り切ることはできなかったのだと思った。

月が昇り松明が焚かれる頃、刹那と玲はようやく私邸に戻った。

数日ぶりに帰った部屋は暖かく、湯を使い着物を変え、温かい食事を取ればほっとする。

朽ち果てた剣と鞘を手に、御簾の奥の褥に向かう。剣台に刹那がそれを置くと、玲の心臓はトクトクと忙しなく鼓動を刻んだ。

刹那、と胸の中で呼べば、鼓動はさらに大きくなる。

草を枕にした野営の夜にも、刹那は玲を胸に抱くようにして眠った。石が背に当たる凍えた寝床でも玲は満ち足りていたが、絹の寝床で、鎧を脱いだ刹那に抱かれて眠るのは、どれほど嬉しいことだろう。

触れて欲しい。温かく厚い胸に強く抱いて欲しい。甘く唇を包んで欲しい。


けれど刹那は、玲を遠ざけるように背を向け、そっけなく言った。

「疲れているだろう。明日からは無理に内宮に同行せずともよい。ゆっくり休んで元気になれ」

はい、と応えられずに唇を噛んだ。答えのない玲を刹那が振り返る。

「どうした」

「…なんでも」

首を振って、愛しい男を見つめた。

どうして欲しいと、具体的な何かを求める術は知らない。ただ、もっと近くに、もっと一つになってこの男を感じていたい。

身を起こした刹那が、手を伸ばして玲の頬に触れた。その手を包むように玲が触れると、そのまま抱き寄せられて厚い胸に顔を埋める。

「刹那…」

吐息のような声で名を呼んだ。

利那は答えず、ただ強く玲を抱きしめている。

高燈台の上で油がジッと音を立てた。

御簾の中を照らす淡い灯は、慣れてしまうと十分に明るい。鬼玉に来てから、玲はずいぶん夜目が利くようになった。

「利那…」

「玲…」

名を呼ばれると、胸が苦しくなり、瞼に涙が滲む。泣くのが苦手だったはずなのに、すっかり涙腺が緩くなってしまったようだ。

「どうした、なぜ泣く」

「わかりません。ただ、悲しくて…」

「悲しい？」

悲しい。悲しくて愛しい。利那の名を呼ぶたびに、玲はいつも悲しくなる。

どうしてもっと近くなれないのだろう。

どうして、片時も離れずに一つでいられないのだろう。

会いたい。離れたくない。ずっと一緒にいたい。一つになりたい…。

「あなたと僕は、どうして別々の人間なんだろうと思って…悲しくなります」

玲を見つめる利那の赤い目が、苦しげに眇められる。なぜそんな顔をするのだろうと思った時、骨が軋むような力で強く抱きしめられた。

「利那…」

苦しい吐息とともに愛しい名が零れ落ちると、それは利那の唇に拾われる。

「玲…、おまえはバカだ」

やるせないように囁いて、優しく唇を押し当て、そっと吸い上げただけで去ってゆくそれを、玲の指が追いかける。

その指に口づけた刹那の、赤い瞳が炎のように揺れていた。再び戻った刹那の熱い舌が深く玲を捉えた。粘膜を絡ませて触れ合った後、わずかに離れた唇が吐息で囁いた。

「バカだ…。嫌だと言っても、もう逃げることはできないぞ」

そのまま、褥に押し倒された。

どうしていいのかわからない。愛しくて、ただ愛しくて、そばにいたい。もっと近くなりたい。

この強い焦燥を宥める方法は、きっと刹那が知っている。鼓動を刻む胸を合わせて広い背中に腕を回すと、泣きたいような悲しさに、わずかに甘い安堵が混じった。

単衣《ひとえ》の帯に手をかけられても、玲はもう逆らわなかった。


堰の切れた堤のように刹那の劣情が溢れ出す。薄い夜着を剝ぎ取り、まるで己を刻み付けるように、玲の白い肌を唇で辿る。その唇に、手のひらの温かさ、指先の優しさに目覚めるように、玲の身体の内側で血液が花になり、甘く吸い上げられて肌に散り、乱れ咲いた。

夜着を落した刹那の、筋肉に覆われた滑らかな肌に触れる。その温かさに、また涙が滲んだ。全てを晒され、刹那を求めて熱を持つ中心さえ暴かれ、逞しい肩に縋る。

この世に生まれて、生きて、この温《ぬく》もりを知るために玲はここにいる。欲望の証が触れ合うと、滲んでいた涙が零れた。

「刹那…」

もう、どうすることもできない。抱きしめられ、直接肌と肌を触れさせ、それでも足りない。

「刹那…！」

「玲…っ」

香油を手に取った刹那の指が閉じた蕾に触れた。

何をされるのかわかったけれど、玲は拒まなかった。

男の身に生まれ、番《つが》う器官は別に定められているのと知っている。けれど、今はそれさえどうでもよかった。

刹那を埋め、魂を結び一つになる。今自分を抱きしめているこの身体だけが、それを叶える。

半身なのだ。足りない部分を満たす番《つがい》の身。鞘と剣が互いに無二であるように、他の誰にも叶えることはできない。それらが決して別々ではいられないように、刹那と玲も離れてはいられない。

指を埋め込まれ、異物感に息を詰める。

なだめるように唇が与えられ、舌を絡め、溺れ、流されまいと刹那にしがみつく。

性急な仕草で強く奥まで探られ、反射的に身体が浮き上がった。

「あ、刹那…」

背中が反り返る。

「ああっ」

「…玲」

強引に道を付けると、玲の膝を左右に割って、刹那は熱塊を押し付けた。一つにつながる。分かたれた身体を元に戻すように。

「……あっ」

楔が突き入れられる。

「あ、あ、あ…、……っ」

痛みが先だった。余裕のない動きで楔は玲の奥へと入り込む。

「ああ……っ」

重く、大きく、熱い…。開かれる苦痛で、視界に花火のような光が弾け飛んだ。刹那の肩に食い込む爪の先からは血が滲むのが見える。

骨を砕くように熱が進んできて、身体が縦に裂けそうだった。

「助けて…、せつ、な…」

「許せ、玲」

「ああ…、刹那…」

今まさに痛みを与えている男に、玲はすがった。骨ごと砕けてこの男と一つになればいい。涙を流し、しがみついた身体を抱きしめられれば、それが答えだとわかった。

貪るような口づけに、意識を逃がす。

身体の中にある熱い鉄。

それがドクドクと脈打つ。

つながっている。

そう思った時、すっと身体の力が抜けた。


そのまま、波に翻弄される小舟のように揺すられ、痛みも愛しさも混然一体となった嵐の中で、玲は刹那に縋り続けた。

もう何も望まなかった。

剣も、鞘も、国も民も、故郷や自分自身さえも。刹那と一つになる。それだけが、世界の全てだった。

「玲…」

何もわからなくなった頃、刹那の声を聞いた気がした。

許せ…、と。ただ一言、許せ、と。


我尺の死は、翌日、将からの報告で知った。

翠の州城へ向かう途中、縄をかけられたまま橋から落ちた。後を追うように恭が身を投げ、二つの亡骸は下流の橙州に流れ着いた。半臂の帯が縄に絡まり、二人は離れることなく、同じ場所に静かに横たわっていたという。

鶯《うぐいす》の声が聞こえる。

梅に鶯と言うが、よく見るのは目白だ。鶯は地味な鳥で、何度探しても姿を見つけたことがない。

玲が初めてこの地に流れ着いたのは、野間沢郷の木春菊村だった。馬車がかろうじて通れる街道からさらに細い土の道を行くとその村はある。周囲にあるのは田畑と荒れ地だけで、街道からも十分見渡すことができた。

選定の塚は、間もなくその場所で見つかった。

官吏の報告を受けて由旬が出向くと、塚は光を放ってその存在を知らせたという。

野に光がたゆたう。春は、目の前に来ていた。

「これが電話にもカメラにもなるのですか」

スマートフォンを目にして和国が驚いている。玲は今の日本の様子を知らせようと、保存されていた写真のいくつかを表示して見せた。

「それはおまえの家族が描かれた板ではないのか」

刹那は不思議そうに四角い機械を見ている。映し出される景色が、玲の故郷のものだとわかると、赤い瞳に慈しむような光が浮かんだ。

「豊かな国のようだ」

「そうですね…。ものは、この国よりはるかに豊かです」

人の心はどうだろう。

優しい王に守られて、互いを思いやる心を抱いているこの国の人に比べ、玲の故郷では物質と引き換えに大切な何かを失ってしまった人も多いかもしれない。それらは、まだ手の届く所にある。そのことに気付ければいいと思う。

操作方法を尋ねた和国が、刹那と玲の撮影を申し出てくれた。要領を得ない刹那に傍らに立ってもらい、玲は少し笑った。

カシャ、と軽いシャッター音が響く。

手渡された端末を操作して、たった今撮ったばかりの写真を表示した。

コトリと心臓が小さな音を立てる。

五分咲きの梅の花を背に、背の高い刹那の隣に立つ淡い色の半臂を着た姿。その幸福そうな笑顔に、心の中に光が生まれる。

(僕、こんな顔で笑ってたんだ)

刹那のそばで。

この写真を珠里や家族に送ったら、安心してくれるだろうか。ここで自分は生きている。幸せにしている。そう伝わるだろうか。


和国と刹那に機械を回すと、二人は驚きと感心のうちに画像を眺めていた。

電池の残りを示す表示が、赤い色に変わっている。この国に電気はない。もうすぐこの機械も使えなくなるだろう。

最後に家族の写真を眺め、そして、刹那との一枚を見つめて、玲は指を動かした。

届かなくてもいい。そう思いながら、珠里にメールを打った。

鬼玉という国があり、鬼玉村とどこかでつながっている。そこを通って玲はこちらの世界に来た。今はここで生きていく覚悟ができたし、幸せになれると思う。心配はいらない…。

珠里になら、きっと伝わるはずだ。

お伽噺《とぎばなし》のような、奇想天外な出来事。けれど珠里なら、玲の言葉が嘘や作り話ではないとわかってくれる。

（ちゃんと届けばね…）

電源を落とす前に、画像を添付し送信ボタンを押す。それが送信されることはないと知っていたけれど。

珠里、僕は幸せになるよ。

たとえメールは届かなくても、思いは届くような気がして、心の中で誓う。


木春菊村の春は、その名の通りマーガレットに縁どられている。

木春菊がマーガレットの和名だと教えたのは珠里だ。祖母に叱られ隠れて文句を言う時に、よく珠里がその名を使っていたことを思い出し笑みが零れる。


玲が鬼玉に流されて二カ月が過ぎていた。春を迎え始めた世界は、淡い光の中にゆるやかに横たわる。

選定の塚に向かいながら、延や由希、名前を聞きそびれたけれど最初に助けてくれた人たちは元気にしているだろうかと考え、この国にも気にかけたい人がいることに気付いた。

いつの間にか、玲はこちらの世界にも根を下ろし始めていた。

塚は、最初に玲を匿《かくま》った壕の入り口にあった。流れ着いた玲の鞘に反応して淡く光った石だ。鞘がまとうわずかな剣の気が、あの日塚をかすかに光らせたとのだと日読み月読みの一人に教えられた。

壕の周囲に警備の兵が立ち、蓮華草《れんげそう》で埋まる田や一面の菜の花畑の間をたくさんの人の姿が埋める。延や由希の姿もあった。

十歳の少女は、感に堪えないような目をして、じっと馬車を見ていた。

用意が全て整うまでの少しの時間、玲は刹那の許しを得て、延と里の人たちに礼を言いに馬車を下りた。右足を庇いながら陽が同行する。

「玲さん……！」

名を呼んで駆け寄る由希を里の者が制する。「華玉様」と呼びなおす少女に、そのままでいいと玲は微笑んだ。

ほっとしたように由希の表情が柔らかくなり、誇らしげに輝く瞳でまっすぐに言葉を向けてくる。

「やっぱり、玲さんは華玉様だったのね」

この少女が迷いなく信じたことが由旬の杖に響いたのかもしれない。疑いなく本気で信じる者があること、それが杖に届く言葉になる。

屈託のない少女は軽やかに問いを投げる。

「主上はどんなお方ですか？」

背後に控える陽の気配を感じながら、玲は迷いなく答えた。

「とても、お優しい方です」

その言葉に里の者たちが目を瞠ったが、由希だけは幸福そうな笑みを浮かべて大きく頷いた。

離れて立つ王の銀色の髪が、風に流れて光る帯を描く。間もなくその治政は幕を閉じるはずだった。

多くの者が見守る中、三人の公子が塚の前に進み出る。

それぞれの剣を石に当てると、石は半透明に光る白い物体となって、剣をのみ込んでいった。

最初に慈雨が剣に手をかけ、抜こうとした。剣は微動だにしない。次に祥羽が柄を握ったが、同じだった。

由旬の手に、全ての人の視線が注がれる。

飾り細工を施した紫紺の柄をその手が摑み、力を込める。

だが…。

ざわざわと人の波が揺れた。剣をのみ込んだまま
「……抜けんぞ」

塚は、青白く光り続けている。

その時、刹那の腰に下げた朽ちた剣の柄近く、鞘に結ばれた晶玉が五色の光を放って輝き始めた。

「刹那、剣を塚に刺してみてくれ」

由旬の言葉に刹那が刃の欠けた剣を抜くと、人々の目に憐れみに似た色が浮かび、静かなざわめきが刹那を包み込んだ。

死んでしまった剣。

脆い畑土にさえ崩れてしまいそうな剣は、けれど、光る石の塚に当てると、水に刺すようにすっとのみ込まれていった。

ざわめきがどよめきに変わる。


剣はまだ、生きているのか。

もう一度、年の順に塚に刺した剣に手をかける。

慈雨の手にも、祥羽にも、由旬の手にも剣は動こうとしなかった。

最後に刹那が塚の前に立つ。

玲はその姿をじっと見ていた。

刹那はもう、剣の力など望んではいないだろう。

剣によって与えられるどんなものも、刹那は望んではいない。

三年前の出来事が思い起こされるのか、人々の間に緊張が満ちてくる。空気が張りつめ、あたりはしんと静まり返った。

遠くの林で鶯が鳴く。

骨のように色のない柄に刹那が触れると、剣は徐々に光を放ち始めた。白い塚から発する光も強くなり、夏の日差しのように眩しくあたりを照らす。

鞘も、結ばれた玉も一斉に輝き始める。

公子や晶玉たち、兵や官吏や里の者たちの誰もが目を瞠っていた。

その視界が白い輝きに覆い尽くされ、あたりに光の洪水が満ち、目がくらんで全てのものが光の中に消えてゆく。

白い世界の中央で剣が抜かれた。まばゆい光を放って剣は黄金に輝く宝剣に変わる。

刹那の銀の髪が光の波に漂い、赤い瞳が虚空を見つめていた。長い銀の睫毛が、それを包むように閉じてゆく。

誰もが眩しさに手をかざし、瞼を閉じた。

奇跡の光は徐々に鎮まり、天に帰って行く。

静寂が訪れ、やがて、野に花の香が流れ、鶯の声が春の歌を囀《さえず》り始めた。

「……あ」

最初に目を開けた兵が、思わず声を上げた。続いて誰もが、驚きに何かを呟く。

大勢の視線が集まる中心で、黄金の剣を手に立つ男の髪が風に舞い上がる。

黒い髪。

刹那の目が見開かれる。現れたのは、漆黒の美しい瞳だ。

「刹那…」

「主上…」

次々に上がる声を背に、刹那は胸に落ちた髪を手に取り、艶やかな漆黒のそれを確かめた後、剣をかざして、そこに映る瞳の色を見つめた。

そして再び目を閉じた。

次に目を開けた時、刹那は周囲に響く声で朗々と告げた。

「この剣に、力は封じられていない」

あたりは静まり返った。

「鬼も封じられていない。その意味を、おまえたち一人一人が考えて欲しい」

それから少し間をあけて、刹那は一人の民に近付き、その手に剣を預けた。周囲の者が驚いてどよめく。

「剣は誰の手にも触れることができる。この剣を持つ者を王とするならば、おまえが王でもいいわけだ」

かすかに笑みを浮かべる王に、剣を手にした若者が唖然《あぜん》とした顔を返す。

「鬼の世の終わり、人の世の始まりに満ちる光」

和国の歴史書にある言葉を引く。

「人の世の始まりとはなんだ。…それは、剣に封じた力に頼らぬ世ではないのか。人の世、人の国とは、強い力のある者に諾々と従う者の国ではない。一人一人が国や他者や自分自身の幸福のために、自分の頭で考え、その考えを話し合い、力を合わせて築いてゆく国だ」

刹那の言葉に野までが静かに耳を傾けているかのようだった。

「一人の王が創る国ではない。神の選ぶ王が創る国ではないのだ。この国の民が望む王にこの剣を託す。誰か名乗り出る者があれば前へ出ろ。我こそはと思う者はないか。あるいはこの者をと、推す者はないか」

名乗り出る者はない。

「この国の者には、一人一人に王になる力がある。賢王とここにいる和国がその礎を築いた。自分の中に国を持ち、自分の意思で生きる力を、全ての民に文字と教育によって与えてくれた。おまえたちはもう、誰かの言いなりになって一生を送る者たちではない。自らの意思で自由に未来を創る権利と力、そして義務と責任を持つ。自分で調べ、自分で考えるのだ。疑問を持ち、疑え。鵜呑みにするな。人に惑わされるな。そうして得た答えこそが、自分の生きる標《しるし》になる」

人の目が、心が、全ての感情とともに刹那に向いていた。

「玉座を空ける。望むものはこの剣を取れ！」

宣言された内容に、全員が息をのんだ。

剣が大地に突き立てられる。

それを取る者はない。誰もが黒い髪、黒い瞳のこの上なく美しい男に一心に視線を注いでいた。

その男の力強い声が響き渡る。

「誰も取らぬなら、今一度、この国を俺に預けろ！　必ずや真の人の国にしておまえたちに返す！」

短い沈黙の後、大地を震わせて大きな歓声が上がった。

わああ、という声が野山を包み遠い山々にまで響いてゆく。

遠く始王の時代に計られた人の世の始まり。

鬼を封じた剣が失われる時、人は真の意味で人として立つ。

鬼の世の終わり、人の世の始まりに満ちる光。

これより先に神の手は及ばない。人は自らの足で立ち、未来に向かって歩き出すのだ。

歓声は長く春の大地に響き渡っていた。

人の姿が三々五々散って行く中、和国がその光の前に立った。

そして、光を見つめて何かを呟く。

かすかな潮の香が漂い、光の中に見知らぬ景色が浮び上がった。

「和国さん…？」

玲の声を背に、和国が一歩踏み出すと、その身体が光の粒子になって見知らぬ景色の中に消えてゆく。

声をかける間もなく起きた出来事に、残っていた公子や晶玉が短い叫び声を上げた。

「鬼門が開いている…」

日読み月読みの一人が呟いた。

「玲…」

刹那に呼ばれてそばまで行くと、身体を光の方向に向かせられた。

「行け。おまえの国に帰れる」

驚いて玲は刹那を振り向く。

「今しかない。これが最後だ。選定の塚はもう現れることはないだろう」

「でも、僕は…」

晶玉に自由はないと言った。刹那のそばを離れるなと。

「剣にも鞘にも今はなんの力もない。おまえも一人の自由な民だ。故郷に帰りたいのなら、行け」

背を押され、光の中に進みかけた。

帰れる。日本に。

きっとこれが最後だ。

(だけど…)

押された背を押し返し、身体を振り向かせて玲は刹那の胸に飛び込んだ。驚いた刹那がわずかによろめく。

「行かない…。行きません」

「玲…」

「刹那を置いて、僕はどこにも行きません」

玲は刹那の鞘だ。

神話の時代が終わろうと、刹那と一つであるために生まれてきたことに変わりはない。

「今、行かなければ帰れなくなるんだぞ。それでもいいのか」

いい。

珠里や祖父母や両親、辛いこともあったけれど懐かしい故郷、それらを永遠に失うことは苦しい。けれど、それ以上に刹那を失うことが玲には悲しい。

どちらかを選ぶのは身を引きちぎられるように辛い。それでも。

選ばなければならない時がある。

それが自由であり、自分の意思で生きるということなのだ。玲は玲の人生を、自分の意思で選ぶ。

刹那を。

ただ一人の、玲の男を選ぶ。

「おまえは、バカだ…」

刹那にきつく抱きしめられ、ここが自分の居場所だと理解する。

陽が満足そうに微笑み視線を逸らすと、刹那の深い口づけが玲を包み込んだ。


三人の公子は、残された剣を手にして首を傾げていた。由旬が眉を寄せ、慈雨と祥羽も顔を見合わせている。

「どうかした？」

律が聞く。

「声の気配がしない」

祥羽と慈雨も頷く。

そして試しに互いの剣に触れようとすると、剣は簡単にそれを許した。電撃が弾くこともない。

「我々も、剣に頼らず州と国とを治めよということでしょうか」

祥羽の言葉に、諦めたように慈雨が笑った。

「そうらしいわね。覚悟を決めましょう」

日没が近付き、塚の跡の名残の光も消えてゆく。

「鬼門が閉じます」

日読み月読みが静かに告げた。

ゆらりと揺れて遠くなる光を見つめ、ふと玲はスマートフォンを取り出した。

電源を入れると、電池のない機械は一瞬だけ光って、最後の残量表示を示すと画面を黒く変える。それきり二度と何かを映すことはなかった。


かすかな水音が立ち、燈盞の中で灯りが揺れた。

「あ…、刹那…」

頬から顎、首筋へと辿る唇が、鎖骨の下を強く吸い上げる。白い胸に花を散らしながら、唇が下がっていく。薄く色づいた場所を吸われると、甘いしびれが背筋を駆け上がった。

選定の儀式が済んで、内宮で改めて刹那の王位を定める通達が出ると、あとは簡単な執務だけで私邸に戻った。そして、そのまま刹那は玲を御簾の奥の褥に導いた。

「あ…っ」

左右を交互に吸われて、胸の小さな飾りは硬く尖る。灯りの下で濡れて光る突起を、刹那の指が小刻みに弾いた。

「あ、あ…、は…ぁ」

「感じるのか。これはどうだ」

きゅっと押しつぶされて腰が揺れる。もみ込むように指を回されたり、摘まれたりして玲は身を捩った。

「…あ、や…」

自分から押し付けるように腰が動いて、湿った熱で吸い付く互いの硬さに脳が焼け付く。

唇を吸われ、耳たぶを噛まれて、すすり泣きのように鼻を鳴らした。身体中のあちこちを舌と指先に触れられ、大きく反応する場所があればいっそう丹念に攻められる。

啄《ついば》み、時おり柔らかく包み込み、玲を味わうように刹那の唇が身体中に触れる。玲は応え方もわからないまま、早鐘を打つ心臓が送り出す吐息を、小さな叫びとともに零した。

すがることしかできずに腕を伸ばす。視線の先にある黒い瞳と黒い髪を、小さな違和感を持って見つめると、察した刹那が玲の目を唇で閉じさせた。

「こうして感じていろ。おまえの知っている男だとわからせてやろう」

舌を絡め取られ、小さな叫びも封じられた。両手で尻を掴まれて、双丘《そうきゅう》を割り広げられる。一度教えられた行為を頭に浮かべ、玲の中に火が灯った。

香油をまとった指が窄《すぼ》まる孔に触れ、最初の一本が埋め込まれる。異物感にビクリと腰が逃げた。

「痛かったか」

心配そうに問われて首を振る。労わるように丁寧に指を前後させ、時間をかけて刹那は玲の中を探っていった。

肩にすがってなすがままに身を任せた。夢中で受け入れた一度目より感覚は鋭く、何をされているのかがつぶさにわかり、それが玲を戸惑わせる。

指が馴染み、中を擦《こす》られることが心地よくなり、そして、唐突に鋭い快感が走り抜けた。

「あ、や……」

刹那に見つめられたまま、中心が勃《た》ち上がって震えている。

「あ、だめ…です…。そこ、だめ……」

懇願したが刹那はやめようとしない。それどころか指を二本に増やして執拗にその場所を攻め始めた。

胸の飾りを舌で転がされ、同時に感じる鋭い刺激に腰が前後に揺れる。触れてもいない場所から雫が漏れ始めた。

何かを確かめるように刹那の指が玲の身体を探る。短い悲鳴を上げる玲の中心が勃ち上がり揺れるのを黒い瞳が楽しげに見ていた。

「あ…、嫌です。見ないで…」

目じりを赤く染めて懇願すれば、深い口づけで封じられる。もどかしく刹那の身体を辿っていた玲の指が、熱く張りつめたものを探り当てる。驚いて一度引いた後、躊躇うようにそれを握りしめた。

「……っ」

くっと喉を鳴らした刹那が指を引き抜き、まだ狭いその場所に玲の手ごと、熱の塊を導く。つながる嬉しさで玲の身体は甘く溶け始めていた。

刹那はゆっくりと押し進み、カリの部分で玲の弱い場所を擦りながら奥深く自身を埋め込む。舌を絡め、甘いそれに玲が吸い付くのを嬉しげに味わっている。

「ん…、ふ……、……」

背中を撫でる手のひらが心地いい。埋め込まれた場所がじわりと潤んで、柔らかく解けてゆく。

抱きしめられ、広い背を撫でると、中の楔がドクンと脈打つ。驚いて手を止めると、腕の力を緩めた刹那が見下ろしてきた。

顔を見ながら、わずかに腰を揺すられる。それから徐々に動きを大きくされた。

小刻みに揺すられ、感じる場所を擦られると、奥から深い愉悦が生まれる。呼吸が乱れ、喉から喘ぎが零れ落ちる。

深く浅く、前後する刹那の動きにも快感を拾い始め、その肩にすがったまま嬌声《きょうせい》を上げた。

「あ、あ…っ」

腰が揺れる。

深く突き上げられて身体が宙に浮く。

開いた両足を高く持ち上げられ、さらに奥まで刹那を埋め込まれた。薄い腹の下で長く太い雄が蠢《うごめ》くのがわかる。

「玲…」

荒い呼吸で腰を使う合間に、刹那が耳元に囁く。

「わかるか。これが、おまえの男だ」

「刹那…、あ…っ」

髪の色も目の色も、意味を持たない。ただ玲を抱く男。そう教えるように楔が強く突き上げてくる。王でもなく、定められた剣と鞘としてでもなく、玲を埋め一つになるための身体を持つ、ただ一人の男。

番だ。愛しくて、玲は夢中で逞しい背中を抱き締めた。

「ん……」

引き抜かれる感覚に、腰が追うように動いた。直後に深く穿《うが》たれる。

「あぁ…っ」

前後の滑走の幅が大きくなり、抜かれるかと思うほど浅い場所から一気に最奥《さいおう》まで突き上げられた。うねるように動く玲の粘膜が刹那の楔に絡みつく。

あ…、と小さく叫んだのは、あまりに大きく引かれた喪失感からだ。ぐいっと強く突き上げられれば、背がしなる。大きく仰《の》け反《ぞ》った首筋を刹那の唇が吸い上げた。

深さや速度を変えながら、刹那は玲を味わい尽くそうとしているようだ。速く、複雑になる腰の動きに、玲の唇からはひっきりなしに嬌声が上がった。

「あぁ…っ、刹那…、刹那…」

刹那の額に汗が光り、激しく揺さぶられながら、意識が短い点滅を繰り返す。

ふいに祖母と珠里の姿が浮かんだ。

鬼を呼ぶと疎まれながら、異国の小村に嫁いだ祖母…。その時、祖母はまだ二十歳《はたち》だった。

『パパやママと離れて知らない国の人になるのは嫌じゃなかった？』

珠里の問いに祖母ははにかむような笑顔で頷いた。

少女時代を思わせる綺麗な笑顔で。

『ケーイチのそばにいたかったんですよ』

恵一とは祖父の名だ。ただ一人、愛する人に守られて、祖母はどんな苦労にも耐え抜いた。

『うわあ。そうなんだぁ。甘ーい』

ふざけて冷やかす珠里と、隣で笑う玲に、祖母はただ笑ってこう言ったのだ。

『あなたたちにも、いつかわかる時がきますすよ』

大きくゆっくりとした動きが次第に速度を上げ、二人の間で揺れている玲の先端から蜜が散り、深く速い活塞《かっそく》に身体が浮き上がる。

突き上げられて、意識が宙を舞った。

「あ………っ」

浮いた背中をきつく抱き寄せ、利那が玲の名を呼んだ。

「玲…っ」

「あ、利那…っ」

宙に浮かんだまま快感の絶頂に昇り詰める。軋むほど強く抱かれたまま、最奥に熱い奔流を注がれた。

「あ、ああ…っ」

同時に弾けて、吐き出している利那の精を絞り取るように、内部がきつく締まった。熱い吐息が耳にかかり、早鐘のような心臓から乱れた呼吸が送り出される。

その息も整わないまま、短い口づけが何度も繰り返された。

「あ…、は…っ、刹那……」

ずるりと刹那が抜かれると、喪失感に唇を嚙んだ。

「刹那…」

名を呼ぶことしかできず、肩に縋る玲に、刹那はかすかな笑いを返す。

「玲」

この上なく甘い声で名を呼ばれ、耳元をくすぐるように啄まれる。見つめる黒い目に、まだ深い情欲の色を見つければ、泣きたいほど嬉しくなる。

額に張り付いた髪や頰を撫でた後、口づけを落しながらまだ濡れて柔らかい場所に刹那は熱塊を押し当てた。

そして、まるで剣を鞘に収めるように、ゆっくりとそれを埋め込む。

その硬度を感じ、終わりなく求められていることに胸が詰まった。心の全てが刹那で満たされる。

玲、と名を呼ばれるたびに、身の裡に生まれる切ない渇き。同時にそれが満たされる歓び。

欲しいと思うより前に、互いを望むよりはるか以前から、この身はこうして一つだったのだと知る。

どうして離れてなどいられるだろう。

「刹那…」

名前を呼ぶ。

愛しいと、愛していると伝える。

「玲、俺から離れるな…」

深く身体をつないで、刹那が告げる。

玲はただ頷く。

離れない。刹那を一人にしない。

「刹那…」

玲にも刹那しかいない。もう二度と離れることはできない。

鬼という存在があるならば、それは姿形ではなく心のありようだ。人の心を失くすことを「鬼になる」と言うのだ。

鬼に心を奪われかけ、それでも人であり続けることを願った王に、神は再び鞘を与えた。

剣は力であり、力は時に心を奪う。それを救うことができるのは愛という名の鞘だけだ。

鞘は命に代えても剣の力を封じる。

「試しておいでだったのでしょうか」

その日、内宮に向かう刹那に同行しなかった玲に陽が静かに話しかけた。

翠茶が注がれる。

「人は鬼とならずに人の世を治めてゆけるのか、それを確かめるために、神は華玉を主上から隠したのかもしれませんね……」

神の采配は人知を超えるもの。

力とは何か。

心とは何か。

自由な意思で、自由な心で生きる人の世。それを自らの力で勝ち取ることを、神は望んだのだろうか。ただ与えるだけでなく……。

人の力は、ただ愛によって正される。愛する者の存在が人を正しい道へ導く。力は豊かな暮らしや発展を促すが、時に心を奪う。愛がそれを引き留める。

剣は力。鞘は愛。

「陽は時々、ただの侍従ではないいんじゃないかと思うことがあります」

そばかす顔をきょとんとさせて、陽は飄々と言う。

「ただの侍従ですよ」

「でも、なんていうか…神様の計画を助けるために遣わされた使者みたいに思うことがあります」

刹那を玉座に留めるために。

この国に人の世を開くために。

「神様の使者…ですか？」

玲は頷いた。

陽がいなければ、あるいは由希がいなければ、今の玲はここにいない。刹那も。

「では、私もまた、神の采配の一部なのかもしれませんねぇ」

なんでもないように笑う陽の頭上に白い光が浮かぶ。玲の意識の一部が、その光に導かれて空高く舞い上がった。

開かれた障子の先には春の庭が見えた。

梅の花、雪柳《ゆきやなぎ》、小手毬《こでまり》、菫《すみれ》と、そして木春菊…マーガレット。

空には春の霞がかかり、淡い水色が遠く山の彼方まで続く。光はそのずっと先にまでふわりふわりと漂っていった。


マーガレットの咲く県道の坂を、一人の少女が自転車に乗って駆け下りる。

白い光になって、玲の意識は少女の姿を追っていた。

『珠里…』

玲が姿を消した日から二カ月あまりが過ぎていた。鞘に導かれて洞窟に入り、そのまま消えてしまった玲を、珠里は今も心配しているだろう。

まわりの者には、きっといくら説明してもわかってもらえなかったはずだ。

家出や誘拐や何かの事故、さまざまな憶測が流れる中、おそらく祖父母や両親だけは、珠里の話を信じてくれたに違いない。

玲は鬼門の先に消えたのだと。

聞かなくてもそれがわかった。そして、そのことに少し玲はほっとした。

大切な妹。

栗色の髪を風になびかせて、渓谷にかかる橋まで下って行く姿を追う。

『髪が伸びたね…』

そう言ってあげたいと思った時、珠里の赤いチェックのスカートから聞き慣れた音が漏れる。

『あ……』

それが誰からのメールに設定したものかを、玲は知っていた。

珠里が驚いたようにポケットを探っている。

白い光の意識のまま、玲は微笑んだ。

『届いた…』

光は再び空高く舞い上がり、遠くなる県道を見下ろした。路線バスが通り過ぎて行く。

その横で、春の空を見上げた珠里が、小さく微笑んで涙を零すのが見えた。

あとがき

こんにちは。もしくは、はじめまして。橋本悠良《はしもとゆら》です。このたびは「鬼玉の王、華への誓い」をお手に取っていただきありがとうございます。こちらは私の二冊目の本になります。またこうして機会をいただくことができ、読者の皆様はじめ関わってくださった全ての方々に心から感謝致します。本当にありがとうございました。

今回のお話は、「鬼の話」とだけ決めてスタート致しました。「鬼」とはいったい何か、悪魔や妖怪と違うところはどこかというところから考え始め、「心がない（あくまで当社仕様の鬼です）」という点を一つのきっかけにして形にしてきました。結果的に鬼はあまり登場しなくなりましたが、鬼の存在を通して、心や力や支配、そして愛（！）について私なりに思うところを物語に投影してみました。「鬼」をお求めの方にも、そうでない方にもお読みいただけましたら嬉しいです。

イラストは絵歩《えぼ》先生が担当してくださいました。実は、絵歩先生の描かれた一枚の絵から「鬼の話にしたい」という気持ちは生まれました。イメージ以上のビジュアルをいただき、なんとかそれに恥じないようにと頑張ってみましたが…。ラフをいただいただけで感無量でバタバタ一人で暴れました。お忙しい中、本当にありがとうございました。

そして、担当M様には今回もたいへんお世話になりました。設定を盛り込みすぎてどこか遠い所へ行きかける私を引き留め、あるべき着地点を示してくださったおかげで、なんとか一つのお話にまとめることができました。危うく説明だけで全編終わるところでした。取捨選択と適量というものを今回学んだ気がします。いつもありがとうございます。

近況と致しましては、真夏の出窓の灼熱地獄に耐え切れず自宅の電話機が昇天して早数カ月が経ちましたが、新しい子に未だに番号登録をしていないため、家の電話を取る時にはつい「誰よ？」的な怪訝な声になり、忙しいわけでも、機嫌が悪いわけでもないのに、先方にいらぬ気を遣わせてしまうので、そろそろトリセツ読んで頑張ってみようと思っているところです。何か、とてもつまらない近況ですみません。

書く時は、これで伝わるだろうか、わかりやすいだろうかと悩みながら何度も書き直しています。最後の原稿を送り出してからも、うじうじ悩んでいます。文字だけを通して世界を共有する（イラストレーターの先生にものすごく助けられておりますが…）というのはとても難しいことですが、文字だけでどんな世界も作り出すことができるという魔力にとりつかれてしまいましたので、これからも精進して書き続けたいと思っています。

またどこかでお会いできましたら、その時には是非、よろしくお願い致します。

最後までお付き合いいただき、ありがとうございました。また、夏が来ますね。

愛と感謝を込めて。

二〇一五年六月　橋本悠良

純潔の巫女と千年の契り
じゅんけつのみことせんねんのちぎり

橋本悠良
イラスト：周防佑未

本体価格870円+税

はるか昔、栄華を極めた華和泉の国に神と共に采配を振るう験の巫女がいた。その拠点とされた歴史ある華和泉神社に生まれた美鈴は、幼くして両親を亡くしながらも祖父と二人幸せに暮らしていた。しかし二十歳になった美鈴の身体に異変が起こる。美鈴は祠に祀られた神に助けを求めるが、そこに現れたのは二人の男だった。一人は硬質で勇ましい男、黒蓮。もう一人は柔和で輝く美貌の男、百蘭。なんと二人は双子の神で、美鈴は彼らに仕えた験の巫女の血を引くらしい。強引な黒蓮と、穏やかで理知的な百蘭、そんな二人に愛されてしまった美鈴は――？

リンクスロマンス大好評発売中

蒼穹の虜
そうきゅうのとりこ

高原いちか
イラスト：幸村佳苗

本体価格870円+税

たおやかな美貌を持つ天蘭国宰相家の沙蘭は、国が戦に敗れ男でありながら、大国・月弓国の王である火竜の後宮に入ることになる。「欲しいものは力で奪う」と宣言する火竜に夜ごと淫らに抱かれる沙蘭は、向けられる激情に戸惑いを隠せずにいた。そんなある日、火竜が月弓国の王にまでのぼりつめたのは、己を手に入れるためだったと知った沙蘭。沙蘭は、国をも滅ぼそうとする狂気にも似た愛情に恐れを覚えつつも、翻弄されていき…。

娼館のアリス《しょうかんのありす》

妃川 螢

イラスト：高峰 顕

本体価格870 円+税

数年前に父を亡くしたうえ母も植物状態で寝たきりになってしまい、有栖川琉璃は呆然と公園で佇んでいたところを娼館を営む老人に拾われた。大人になったら働いて返すという約束で、入院費と生活費を援助してもらっていたが自分によくしてくれていた老人が亡くなり、孫である檜室敞之が娼館を相続することになる。オーナーが変わることによって最初は戸惑っていた琉璃。しかし、忙しい彼を癒そうと頑張るうち、自分の前でだけ無防備な彼に徐々に惹かれていく。そんな中、そろそろ１８歳の誕生日を迎える琉璃は借金を清算するため、身請けをされる決意をするが…。

リンクスロマンス大好評発売中

愛しい指先《いとしいゆびさき》

森崎結月

イラスト：陵クミコ

本体価格870円+税

由緒ある名家の跡取りとして生まれながら、同性しか愛せないことを父に認められず、勘当同然で家を出た一ノ瀬理人。ネイルアートを仕事にする理人は二十六歳で独立し、自分の店を持つまでになった。開店の翌年、高校時代の同級生・長谷川哉也と再会する。哉也は、当時理人が淡い恋心を抱きながらそれを実らせることなく苦い別れ方をした相手だった。当時と変わらず溌剌とした魅力に溢れ、大人らしい精悍さを纏った哉也に理人は再び胸をときめかせる。つらい過去の恋から、もう人を好きにならないと決めていた理人だが、優しく自分を甘やかす哉也に、再び惹かれていくのを止められず…。

犬とロマンス《いぬとろまんす》

中嶋ジロウ
イラスト：**麻生 海**
本体価格 870 円+税

在学中にストレートで司法試験を突破し、先日司法研修を終えた椎葉。あるきっかけから、広域指定暴力団である堂上会の招きで顧問弁護士に就任することになった椎葉は、そこで眼光が鋭く、おそろしく存在感を放つ茅島という男に出会う。最初こそ茅島のことを苦手としていた椎葉だったが、彼の丁寧な物腰や優しさにふれ、徐々に心を許しはじめてゆく。しかしある夜、酔った椎葉は彼に強引に身体を開かれてしまい——。

リンクスロマンス大好評発売中

十年目のプロポーズ《じゅうねんめのぷろぽーず》

真先ゆみ
イラスト：**周防佑未**
本体価格 870 円+税

大学生のときから恋人として付き合ってきた成秋と、三年前にデザインスタジオを立ち上げた京。無口で他人に興味のない成秋が、自分にだけ見せてくれる独占欲や無防備な表情を愛おしく思っていた京だが、ある大きな仕事がきっかけで、男の恋人である京の存在が重荷になっているのではないかと思い始める。京は成秋のためを思い距離を置こうとするが、思いがけないほどの真剣さで「俺には、お前がいない未来は考えられない」とまっすぐに告げられ——。

夜王の密婚

やおうのみっこん

剛しいら

イラスト：**亜樹良のりかず**

本体価格 870 円+税

十八世紀末、イギリス。アベル・スタンレー伯爵が所有する『蝙蝠島』という、女が一人も居ない謎の島があった。ある日、その島で若い男だけを対象に、高待遇の働き手が募集される。集まったのは貧乏貴族出身の将校・アルバートや、陽気で親切な元傭兵のジョエルをはじめ、一見穏やかそうだが何らかの事情を抱えた人間ばかり。中でもアルバートは、謎に包まれた島と伯爵の秘密裡な企みを探れという国王の命を受けた密偵だったのだ。任務に忠実であろうと気を張るアルバートだが、ジョエルに好みだと口説かれ、なし崩しで共に行動することになってしまう。城内を探る二人が行き着いた伯爵の正体、そして島に隠された、夜ごと繰り広げられる甘美な秘密とは——。

リンクスロマンス大好評発売中

ちいさな神様、恋をした

ちいさなかみさま、こいをした

朝霞月子

イラスト：**カワイチハル**

本体価格870 円+税

とある山奥に『津和の里』という人知れず神々が暮らす場所があった。人間のてのひらほどの背丈の見習い中の神・葛は、ある日里で行き倒れた人間の男を見つける。葛の介抱で快復したその男は画家の神森新市で、人の世を厭い放浪していて里に迷い込んだという。無垢な葛は、初めて出会った人間・新市に興味津々。人間界や新市自身についての話、そして新市の手で描かれる数々の絵に心躍らせていた。一緒に暮らすうち、次第に新市に心惹かれていく葛。だがそんな中、新市は葛の育ての親である千世という神によって、人間界に帰らされることに。別れた後も新市を忘れられない葛は、懸命の努力とわずかな神通力で体を大きくし、人間界へ降り立つが…!?

不器用で甘い束縛《ぶきようであまいそくばく》

高端 連
イラスト：千川夏味
本体価格870円+税

気軽なその日暮らしを楽しんでいたカフェ店員の佐倉井幸太は、同棲していた彼女に住む家を追い出され、途方に暮れていた。そんな時、店の常連客だった涼やかな面立ちの人気俳優・熊岡圭に「俺が拾ってやる」と宣言される。しかしその条件は「男を抱いているところを見せろ」というものだった。そんなことを言う割に、決して直接手を出してくる訳ではない熊岡を不思議に思いながら条件を受け入れた佐倉井。熊岡は常に無愛想で感情の読めない態度を崩そうとしなかったが、一緒に暮らすうち、仕事への真摯な姿勢や不器用な素顔が垣間見え、佐倉井は次第に彼自身が気になりだして——。

リンクスロマンス大好評発売中

金の小鳥の啼く夜は《きんのことりのなくよるは》

かわい有美子
イラスト：金ひかる
本体価格870円+税

名家である高塚家の双子の兄として生まれた英彬だが、オペラ歌手としての才能を花開かせようと留学した先で不審な火事にみまわれ左半身にひどい火傷を負うことに。火傷の痕を革の仮面で隠し生活をしているものの、人々の好奇な視線に晒されていた。そんなある日、劇場で働いていた盲目の少年・雪乃と出会う。ハーフであり天使のような容貌の雪乃に英彬は癒され、逢瀬を重ねる。英彬は雪乃に歌の才能を見いだし、自分の名前や立場を知られないよう教育をほどこしていくが、いつしか二人は惹かれあうようになり——。

LYNX ROMANCE

小説原稿募集

リンクスロマンスではオリジナル作品の原稿を随時募集いたします。

募集作品

リンクスロマンスの読者を対象にした商業誌未発表のオリジナル作品。
（商業誌未発表のオリジナル作品であれば、同人誌・サイト発表作も受付可）

募集要項

＜応募資格＞

年齢・性別・プロ・アマ問いません。

＜原稿枚数＞

４５文字×１７行（１枚）の縦書き原稿、２００枚以上２４０枚以内。
※印刷形式は自由。ただしＡ４用紙を使用のこと。
※手書き、感熱紙不可。
※原稿には必ずノンブル（通し番号）を入れてください。

＜応募上の注意＞

◆原稿の１枚目には、作品のタイトル、ペンネーム、住所、氏名、年齢、電話番号、メールアドレス、投稿（掲載）歴を添付してください。
◆２枚目には、作品のあらすじ（４００字～８００字程度）を添付してください。
◆未完の作品（続きものなど）、他誌との二重投稿作品は受付不可です。
◆原稿は返却いたしませんので、必要な方はコピー等の控えをお取りください。
◆１作品につき、ひとつの封筒でご応募ください。

＜採用のお知らせ＞

◆採用の場合のみ、原稿到着後６カ月以内に編集部よりご連絡いたします。
◆優れた作品は、リンクスロマンスより発行させていただきます。
原稿料は、当社既定の印税でのお支払いになります。
◆選考に関するお電話やメールでのお問い合わせはご遠慮ください。

宛先

〒151-0051
東京都渋谷区千駄ヶ谷４−９−７
株式会社　幻冬舎コミックス
「リンクスロマンス　小説原稿募集」係